D E A R + N O V E L

言ノ葉ノ花

砂原糖子
Touko SUNAHARA

新書館ディアプラス文庫

S H I N S H O K A N

言ノ葉ノ花

目次

イラストレーション／三池ろむこ

言ノ葉ノ花

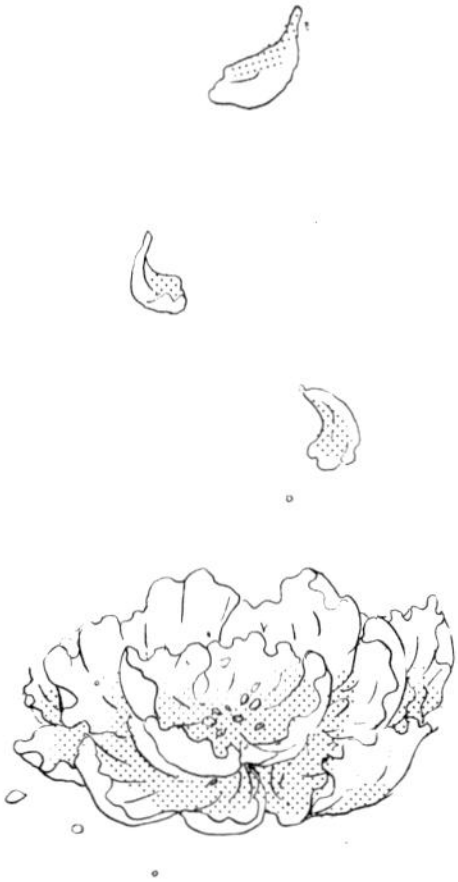

三年前の話だ。

その冬はとても寒かったと余村和明《よむらかずあき》は記憶している。

例年よりずっと気温の低いイブに、彼女がホワイトクリスマスになるのを期待していたからだ。一月《ひとつき》前から予約していたレストランでも、同じく予約していた眺めのいい高層階のホテルの部屋でも、度々《たびたび》そう耳にしたから忘れるはずもない。

女性はいくつになってもロマンティストなものだなぁなどと微笑《ほほえ》ましく思っていた。彼女のために雪が降ればいいのに、なんて気障《きざ》ったらしいことも少しくらいは。

その夜はクリスマスというだけでなく、特別な意味も持っていた。余村がポケットに忍ばせていたのは、クリスマスプレゼントには高価すぎる指輪。きっちり給料三ヵ月分のダイヤのリングだった。

三つ年下の二十三歳の恋人。小柄で可愛《かわい》らしい顔をした、どちらかといえば控《ひか》えめで、優しい女性だった。余村は特におとなしい女性を好んでいるわけではなかったが、誰だって優しい人は好きに決まっている。彼女となら理想的な家族になれそうな気がしていた。

プロポーズをしたのは、レストランでのディナーの途中だ。彼女は驚き、そしてはにかんだ笑《え》みを見せた。答えはもちろんイエス。余村は別段緊張もしていなかった。交際に問題はなく、大手ソフトウエア会社でエンジニアとして働く余村は、二十六歳の若さでプロジェクトリーダーの声がかかるほど仕事も順調だった。彼女の両親だって、諸手《もろて》を挙《あ》げて祝福するだろう。

なにもかもが自分の思いのとおり。

周囲のテーブルの客すら、美しいプレートの上の料理と同じ、用意されたもののように見えた。世界の中心は自分であり、世界で一番幸福なのも自分。そんな馬鹿げたことを一瞬考えてしまうほど、余村の人生は順風満帆《じゅんぷうまんぱん》だった。

幸福に違いなかった。キリストの誕生日であることなど一度も思い出すことなく広いベッドで彼女を抱き、満たされて眠りについた。

ふっと目が覚めたのは早朝だ。腕の中にあったはずのほっそりとした彼女の肢体《したい》がなく、余村はむくりと体を起こした。隅々まで暖められた部屋は、バスローブを羽織《はお》っただけの体でも寒さを感じることはない。

やや乾いた空気が、ぬるく体に纏《まと》わりつく。

部屋の外は白かった。

カーテンの開け放たれた窓の外は、雪が舞っていた。

しんしんと降りしきる雪。地上の遠い階では、垂《た》れ込《こ》める雲と雪だけが窓の向こうに映るもののすべてだった。華奢《きゃしゃ》な脚をした窓辺の椅子に彼女は腰をかけ、余村と同じ紺色のバスローブの背をこちらに向けていた。

「ゆい…」

名を呼びかけて息を飲む。

彼女がすいっと左手を掲《かか》げた。薬指には鈍《にぶ》く輝くリング。椅子に深く背中を預け、その手を彼女はじっと見つめる。

余村の耳に、小さな声が響いてきた。

『まぁ、こんなものよね』

はっきりと聞き取れた言葉。意味の判《わか》らないまま、言葉は次々と余村に流れ込んでくる。

『やだやだ、主婦なんて。死ぬほど退屈《たいくつ》に決まってる。でもきっと働くより楽よね』

舌打ちでもしそうな声だった。

『返事早まったかなぁ。まぁいっか、彼ならいい生活させてくれそうだもんね。あー、もうちょっとくらい自由でいたかったのに。もっといい人とだって出会えたかもしれないしさぁ』

独《ひと》り言《ごと》なのか。余村は耳を疑った。

「結《ゆ》…衣子《いこ》?」

唇が乾いて開き辛《づら》い。その三文字が彼女の名前だとは思えないほど余村の声は強張《こわば》っていて、まるで油の切れた廃棄《はいき》寸前の機械のようだ。

「あ、起きたの?　おはよ、和明」

彼女が振り返る。ぱっといつもの笑みを浮かべ、寝乱れた長い髪を少し気恥ずかしそうに掻《か》き上《あ》げる。

「どうかした?　なんだか変な顔してる」

「いや…」

ベッドに身を起こしたまま硬直していると、冷めた風な彼女の声がまた響いてくる。

『なに寝ぼけてんのかしら、変な人』

「ねぇ、見て見て。和明が寝てる間にホワイトクリスマスになったわよ」

なにかが明らかにちぐはぐだった。

暖かい部屋、冷たい外の景色。屈託《くったく》のない笑顔、冷やりと胸を刺《さ》す言葉。

笑顔で手招かれる。ひらひらと揺れる手のひらに誘われ、ふらりとベッドを降りた。どこか現実感のない光。鈍い朝日を雪が反射し、窓辺はぼんやりと白く染まっていた。

「ほら和明、雪、とても綺麗でしょ？」

「え、あぁ…」

『まぁ見てる分には悪くないんだけど。どうすんのよこんなに降っちゃって。あーあ、ブーツ濡れちゃう。おろしたてなのにさ』

「ゆ、結衣子、おまえ…さっきからなにを言ってるんだ？」

余村は凝視した。

彼女の白い顔は訝《いぶか》しげに自分を見る。

「え？　なにって？」

『なによ？』

「雪が降ってきて綺麗ねって話をしてるの」

『人の話、聞いてないの？』

「和明ってホント、ロマンがないんだから」

『ロマンだって、笑っちゃう。あははは。ホント、男って単純なんだから。あんたが気に入ると思って喜んでる振りしてあげてるのに。バカね、いい年した女が雪ぐらいではしゃぐわけないでしょ』

余村は身を引いた。自然と足は彼女から遠退《とおの》こうとしていた。知らないものへの恐れ。目の前で微笑み続ける見知った顔が、急に恋人の皮を纏った人形に成り代わり、ギクシャクと喋《しゃべ》っているように感じられた。

「和明？」

支離滅裂《しりめつれつ》だ。

余村は気がついた。

動いていない。彼女の声は明瞭《めいりょう》に聞き取れるのに、冷たい言葉を吐きつける度、その唇はまるで息を潜《ひそ》めるように動いていなかった。

後ずさる。叫び出したい気持ちだった。現実には余村は一音も発しておらず、口をぽっかりと開いたまま踵《きびす》を返しただけだった。

彼女の止める声も聞かず部屋を飛び出した。

悪夢。夢の出口へ猛進《もうしん》するように通路を走る。全身を打《う》ち据《す》える衝撃が走った。

エレベーターホールへ飛び出したところでぶつかったのは、ホテルのボーイだった。

「…おっ、お客様大丈夫ですか？」

『ふざけんな、どこ見て走ってんだ』

「お怪我《けが》はありませんか？」

『おら、謝れよ。客だからって謝らないつもりじゃないだろうな』

ただ呆然と突っ立ったままの余村に、男は次々と言葉をぶつけてくる。温かい言葉、冷たい言葉──半分は言葉ではなかった。

動かない唇。彼女だけじゃない。

「あ…」

開いたままの余村の唇からは、肺から無理矢理搾《しぼ》り出《だ》されたかのようなかすれた声が出ただけだった。

夢の出口はどこにもなかった。

◇ ◇ ◇

「うう冷えるなぁ、今日は。雪になるんじゃねぇのか」

寒い寒いとボヤキながらパソコンを中心とする売り場を通りかかったのは、ボヤキですら無駄に声の大きいところのある店長の増岡《ますおか》だった。

月は十二月。年末商戦。通りの様子を見に行っていたらしい男は、通路に手持ち無沙汰《ぶさた》そうに立つ余村《よむら》に気がつくと近づいてくる。

「余村、悪いが暇《ひま》なら表のチラシ配り手伝ってくれ。やっぱ学生バイトだけじゃ頼りないわ」

「判りました。行ってきます」

「おう、頼むわ」

任されたものの、余村もここでは契約社員だ。

二十九歳。バイトとそう変わらない契約社員としては、いささか年を食っている。余村が半年前に就《つ》いたのは、知識を買われての販売職で、ようはパソコン販売員だった。街中の駅近くに店を構える家電店だ。

全国展開する量販店《りょうはんてん》にしては規模の小さな店は、私鉄電車の高架下《こうかした》にある。駅は直結していないがすぐ傍《そば》で、集客は悪くない。

ただ、今夜に限っては客足が鈍《にぶ》い。年末を迎え、営業時間を一時間延長までしていながら、客より店員の青い制服ブルゾンのほうが目立っている。

すでに午後八時を回っているせいだけでなく、今夜が特別な夜だからに違いない。

——クリスマスイブか、嫌だな。

先月の末辺りから、何度思ったことだろう。

クリスマス。一年で余村が最も嫌いな日。ちょうど三年前から、そう決まった日だ。

あの、人生の一変したクリスマスの朝から――

店の正面口は少しばかり賑《にぎ》やかだった。福引コーナーが設《もう》けられ、サンタクロースの扮装《ふんそう》をした店員が安っぽい景品を客に手渡したりしている。

「えー、まだ配るんですかぁ？」

チラシ配りのバイトは、すでに役目を終えたとばかりに椅子に座ってダラダラしていた。いかにも学生バイトといった感じの、化粧の濃い女の子だ。無駄に短いスカートから、寒そうな生足が伸びている。

「店長命令だよ」

「だって、もうあと一時間で閉店じゃないですかぁ」

「今日受け取って、明日来てくれるかもしれないだろう？」

「判《わか》りました、配りますぅ。はい、じゃあコレそちらの分ですっ」

どさっとチラシの半分を胸元に押しつけられ、余村は不意を突かれて驚く。

『声』が聞こえた。

『このクソオヤジ。もうチラシなんかどっか捨てちゃおっかなぁ』

いくら短期バイトでも、それはないだろう。速攻《そっこう》で首が飛びそうな言い草だったが、特に問題はない。『心の中』でどんなに反抗的になろうと、他人をクソオヤジ呼ばわりしようと自由で、誰にも止める権限はない。

三年前のあの朝から、余村の耳にはずっと『声』が聞こえる。聞こえるはずもない人の『心の声』が、余村の耳には響き続けている。二十四時間、三百六十五日、止まらなくなったしゃっくりのように。

しゃっくりならよかった。どんな些細《ささい》な体の不具合も治らなければ苦しいだろうが、とりあえず症状について理解はしてもらえる。それ相応の病院にかかることだってできる。

どこの医療機関を受診しても、余村が回されるのは精神科だった。虚言《きょげん》、神経症、強迫性《きょうはくせい》なんたら。様々な説明を聞いた気がするが、共通するのは『声』については端《はな》から否定されていたことだ。

余村自身、最初は幻聴《げんちょう》かと思った。けれど、いろいろと確認するうち、確かに自分は人の心の声を聞いていると確信した。

医者には、過敏《かびん》で人より少し察しがいいだけだと言われた。コールド・リーディングなんて、話術で人の情報を読み取る方法を説明してきた者もいた。

信じてくれる人間がまったくいなかったわけではない。けれど、インターネットで探し、藁《わら》をも縋《すが》る思いで向かった怪しげな診療所は、神の力だとか言い出してきて胡散臭《うさんくさ》さに足が遠退《とおの》いた。

確かに超心理学的な現象といえば一番しっくりくるのかもしれない。しかし余村にとって超能力や霊の力とは、神経を研《と》ぎ澄《す》ませて数ミリばかり物を動かしたり、いくつかの読みが当たったりするものであって、四六時中休む間もなく聞こえているものではない。

最初は普通の声と区別することさえ困難だった。余村の周りでは、友人も知人も電車で隣り合わせただけの赤の他人さえも、いつもすべての人間が心を垂《た》れ流《なが》しに語り続けていた。

一月《ひとつき》で会社を辞《や》めた。治療法探しも長くは続かなかった。人に会うのが辛《つら》くなり、家を出ることさえ億劫《おっくう》になった。将来を嘱望《しょくぼう》されていたはずの余村は、一人きりのマンションに引《ひ》き籠《こ》もり、日がな一日病人のようにベッドやソファでだらだらと過ごすようになった。

人の心など、知って楽しいものじゃない。心はけして美しいばかりではなく、むしろ汚い部分のほうが多い。

妬《ねた》み、嫉《そね》み。悪意。わんわんと羽虫《はむし》のように離れず、『声』は群《むら》がり続ける。余村の心はあっという間に疲弊《ひへい》した。

『コイツさえいなくなってくれれば、俺の仕事が過小評価されることもないのに』

退社を決めたのは同僚のその一言だった。

同期で、友人だと思っていた男の『声』だった。

仕事を辞め、人を遠ざけ——そんな暮らしは二年ばかり続いた。

このままではいけない。その思いが強くなったのは、一向《いっこう》に元に戻る気配がなかったのもあるし、単純に貯金も底をつき始めたせいでもある。

余村は本来心の弱いタイプではない。社会復帰《ふっき》の場に人と接する機会の多い販売を選んだのも、鬱々《うつうつ》と暮らす自分に嫌気が差したからだ。

——クソオヤジ、か。

胸元に押しつけられたチラシを抱《かか》え、余村はふっと笑う。最近ではどんな雑言《ぞうごん》にもあまり動《どう》じなくなってきた。立ち向かえるようになったのとは少し違う。諦《あきら》めたのだ。慣れたというのが一番近い。

この年になれば誰だって判っている。人に表と裏があること。本音と建前《たてまえ》が存在すること。ただ、それが聞こえるか聞こえないかだけの違いだ。そう割り切ってしまえばいい。

『声』が聞こえるようになってからというもの、余村は感情の起伏が乏《とぼ》しくなった。

年のわりに老《ふ》けて見えるのかもしれない。

通りへ出て行くバイトの後ろ姿を見る。

いや、あの子くらいの年齢なら、ワイシャツにネクタイを締めているだけでオヤジに見えるのだろう。

二十九歳。余村はまだ若い。身長は平均程度だが、細身で等身《とうしん》のバランスの取れた体つきの余村は腹など出ていなかったし、以前の職場ではスーツがよく似合うと褒《ほ》められたこともあった。どことなく憂《うれ》いのある顔立ちも、辛気臭《しんきくさ》いというほどではなく、女性には好感を抱《いだ》かれるほうだ。

いずれにしろ、やがては本当に寂しい独り身《ひとみ》のオヤジに成り果てるに違いない。

クリスマス。チラシを抱えて通りに出れば、カップルが目に留まる。三年前に別れてしまった彼女の顔が脳裏《のうり》にちらつく。あの夜二人で食べたディナーの内容も、豪華なホテルの部屋の内装も忘れてしまったのに、いくつかの彼女の『声』とぬるい部屋で見た雪だけは覚えている。

忘れられない。

彼女を恨《うら》んではいない。ようは自分はあまり愛されてはおらず、価値といえば安定した収入と将来性ぐらいしかない男だったというだけだ。別段珍しくもない。そんな夢のないカップルは五万といるだろう。

ただ、真実を知ってしまっても結婚に至れるほど、余村はできた人間ではなかった。『声』を恐れ、半《なか》ば逃げるようにして別れた。彼女はしばらく納得がいかないと理由を尋ねてきたが、余村が会社を辞めたと伝えた頃から連絡は途絶えた。

――寒いな。

チラシを差し出す手が震える。気温はぐっと下がっていた。店長が言っていたとおり、いつ雪がちらついてもおかしくないほど冷え込んでいる。

マッチ売りの少女にでもなった気分だ。道行く人は足早に過ぎ去るばかりで、チラシを受け取ってくれる人の数も少ない。

気がつくと店の看板の明かりが落ちていた。

少しでも多く配ろうと、人の多いほうへと移動するうち、閉店時間を迎えていたらしい。通りの反対側でチラシを配っていたはずのバイトの姿もいつの間にかない。

足早に戻る。余村は少しぼうっとしていた。店の入り口にいくつも立ててあるのぼりが急にふわっと近づいてきて驚く。

足が竦《すく》んだ。ハッとなったときには、ずしりと重い感触を体に受けていた。

のぼりとは違う、人の重み。

「危ない！」

ぶつかった男が叫んだ。余村は仰《の》け反《ぞ》った拍子に入り口近くの段差にバランスを崩し、気がついたときには地に転がっていた。

いや、正確には、地面と成り代わった男の上にだ。

「いたた…」

身を起こしながら、条件反射的にそう口にするも、実のところ大して痛くはなかった。下敷きとなり、どうやら庇《かば》ってくれたらしい男は、ワイシャツに余村と同じ青いブルゾンを着用している。

福引コーナーを手伝っていた若い従業員だ。周囲には転がった数本ののぼり。片づけている最中だったのだろう。

「君、大丈夫かい？　ぼうっとしてて、すまない」

余村は立ち上がったが、男は一向に立ち上がろうとしない。地面に両手をついたまま、ただじっと自分を見上げている。

『…余村さん』

名を呼ばれ、思わず返事をしそうになった。

驚きに鈍《にぶ》った頭に響いてきたのは『心の声』。男の薄い唇は真一文字《まいちもんじ》に引き結ばれたまま、ぴくりとも動いていない。目のほうも、瞬《まばた》きすら忘れたように自分を見ている。

黒い髪に深く黒い眸《ひとみ》。やけに眼差しが鋭い。男はまるで怒っているかのようにただじっとこちらを見つめてくる。

「君、大丈夫？」

不安になりもう一度口にしてみる。ようやく男が言葉を発した。

「だ…大丈夫です。なんともありません」

愛想《あいそ》のない声だった。表情に変化もない。けれど、余村には判った。問われた瞬間、男の心が『痛い』と素直に答えたのを。

どうやら足が痛むらしい。

『足』『痛い』『ズキズキする』

切れ切れの『声』が聞こえてくる。おそらく無理な姿勢で自分を庇ったせいで、足首を挫《くじ》いたのだろう。

「なんとも…なくないんじゃないかな。立てるかい？　本当にすまない、僕のせいでこんな…」

手を差《さ》し伸《の》べる。助け起こそうと目の前に出した手に、男はやはり射《い》るような視線を向けてくる。

「なんともありません。平気です」

嫌なら別にいい。自力で立てるのならそれでいい。居心地《いごこち》が悪くなり引っ込めようとしたところ、まるで引き止めるように手を摑《つか》まれた。

『余村さん…の手だ』

びっくりした。ようやく思考が動き出したような、ぎこちない『声』が響いてくる。

妙な男だ。余村は男の名を知らない。顔は覚えているが、担当するコーナーが違っており、ほとんど接点がない。

どうして自分の名を知っているのだろう。

男の手のひらは、地面についたせいで少しざらついていた。けれど、そんなことは気にならないほど温かかった。凍《こご》えた指がその熱を喜んでじんとなる。

『余村さんの手だ』

余村は男に握られたままの自分の手を見た。

『余村さんの声だ』

余村の驚いた口は半開きになったままだった。

『余村さん、余村さん、余村さん』

男の『声』に圧倒される。まるでバカの一つ覚えみたいに自分の名を繰り返している。

「あ、あの君…」

男の目がゆっくりと瞬《しばた》いた。

「あ…」

言葉とも言えない一文字を発する。

『手、早く…放さなきゃ。変に思われる』

もう変に思っている。首を傾《かし》げようとすると、さらなる『声』が流れ入ってきた。

『どうしよう、でも…放したくない。余村さんの手…好きな人の手だ』

触れ合う手のひらが熱を増した気がした。

余村は驚いた。三年前の驚天動地《きょうてんどうち》、『声』が聞こえるようになってからというもの、動くことを忘れてしまったかのように鈍くなっていた心が、大きく揺らぐ。

男の『声』は、もう一度自分自身に言い聞かせるように言った。

『好きな人の手だ』

長谷部修一《はせべしゅういち》。

昨夜《ゆうべ》の奇妙な男の名を、盗み見た名札と店の事務所に置かれたタイムカードで余村は確認した。

気にせずにもいられない。ドアの傍《そば》にあるタイムカードのホルダーをぼんやり見ていると、背後から声がかかる。

「条件は悪くないと思うんだがなぁ」

苦虫《にがむし》を嚙《か》み潰《つぶ》したような顔で言ったのは、店長の増岡だ。正午前、呼び出されて事務所に行き、何事かと思えば社員への登用《とうよう》の話だった。

「すみません。ありがたいお話だとは思ってますが、まだ自信がありませんので……」

「なんだそりゃ。自信なんて売上上げてりゃ十分だろ」

確かにそうかもしれない。余村は客受けがよかった。なにしろ人の心が聞けるのだから、客の希望も、予算も、冷やかしかそうでないかまですべて丸判り。アプローチのよさはそのままダイレクトに売上に繫《つな》がり、社員への登用の話もこれで二度目だ。

そして断るのも二度目。待遇に不満があるわけではない。いつ何時《なんどき》また人前に出る自信がなくなりはしないかという不安が、余村を消極的にさせていた。

『まったく、いつまで契約社員でいるつもりなんだか。二十九歳でフリーター気取りはないだろ。これだから最近の奴はなぁ』

ふっと気が緩《ゆる》めば、そんな店長の本音すら聞こえてくる。

『声』は音と同じ。耳の機能がスイッチで切り替えられないように、『声』も単純にオフにすることはできない。それでも、今では塞《ふさ》ぐ術を覚えた。普通の会話に意識を強く集中させていたり、自分の心の声に耳を傾けていれば遮《さえぎ》ることはできる。

聞こえないというより、聞き流している感じか。気を抜くとすぐにこの通りだ。

一瞬浮かべてしまった苦笑いを、店長はどうとったものかため息をついた。

「まぁその気がないならしょうがないな。気が変わったら言ってくれ」

「あの」

部屋を出かけて、余村は振り返る。奥のスチール机で、広げたファイルに向かい始めていた男は、少しばかり面倒くさそうに応《こた》えた。

「なんだ？」

「白物《しろもの》のところに…若い人、一人いますよね。背の高い、長谷部さんとかいう…彼も社員ですか？」

「ん？　長谷部？　あぁ社員だよ。そうそう、あいつもバイトから社員になった口だ。なんでだ？」

「え…あ、いえ若い人は珍しいなと思って」

白物は冷蔵庫、洗濯機、エアコンなどの生活家電だ。購買層《こうばいそう》の年齢が比較的高く、販売員の年齢もそれなりに高い。

「あぁ…あいつは最初はＡＶにいたんだがな、どうも口の重い男だし、若い客の相手は向いてないってんで回したんだ。まぁ仕事は真面目だし、今のとこが合ってるだろ」

「そう…なんですか」

余村は軽く頭を下げて売り場に戻る。

仕事の合間にそれとなくほかの従業員の反応も窺《うかが》ってみたが、誰に聞いても似たり寄ったりの返事だった。

真面目な男。真面目でとっつきにくい、無愛想極《きわ》まれりな男。ＡＶ機器コーナーで以前一緒だったという女子社員に至っては、「なにを考えてるのか判らなくて苦手」とまで言った。

もちろん誰の口からも、ホモだのゲイだのと同性を好む話は出なかった。

『好きな人の手だ』

あの『声』。

あの瞬間、余村にはすべてが判ってしまった。好き…それがどういう種類のものかも。

信じられない。男なのに、ろくに口も利《き》いたことがないのに、あの男は自分にそういう意味で興味があるらしい。

正直、動揺した。世の中にそういう性癖の人間がいるのも、けして異国の話でないのも知っているが、まさか身近に存在するとは思わない。ましてや自分が関わってくるなどと想像もしない。

変に意識し過ぎないほうがいいのかもしれなかった。店の最奥《さいおう》の生活家電コーナーは遠い。パソコンコーナーは店の入口の傍にあり、バックヤードに向かうときでもない限り近くを通りかからない。今まで知らん顔だったのだから、今後も向こうから近づいてくるつもりはないだろう。

余村は冷静に判断した。

そう判断した数時間後に、男と鉢合《はちあ》わせる羽目《はめ》になるとは思いもしなかった。

やっかいな初心者の客に捕まり、一台ずつ延々と商品の説明をさせられた午後。遅い昼食にありつこうと、近くのコンビニで売れ残りくさい弁当を買い、休憩室に向かったときだ。

午後四時前。さすがに誰もいないだろう。そう思って開けたドアの向こうには先客がいた。

テーブルで食事を摂《と》っていた長谷部は、余村の顔を見ると、僅《わず》かに驚いた顔をする。

「お…つかれさまです」

「え、あ、あぁ…おつかれさまです」

不審なほど余村の声は乱れた。これではどちらが意識してるんだか判らない。ぎゅっと頭の奥が収縮したようになる。

聞くまい。聞いてはいけない。いつになく強くそう思った。『声』を聞かぬよう神経を張り巡らせつつ、ぎくしゃくと手足が揃《そろ》いそうな歩みでテーブルに着く。十人程度は座れそうな広いテーブルの端と端、対角線上の席に座る。

不自然に離れすぎだろうか。

飲み物を買い忘れていた余村は、備えられたポットと急須《きゅうす》でお茶を煎《い》れ始めた。

ふと窺った長谷部は、俯《うつむ》け気味の顔で黙々と弁当を掻《か》き込《こ》んでいる。

意外にも持参《じさん》の弁当だ。母親が作ってくれているのか、アルミの弁当箱…さすがに水筒《すいとう》までは持参ではないらしく、周囲に湯飲みの姿もない。

余村は少し迷ってから、男の分も茶を煎れることにした。優しくしたかったわけではなく、たぶん『声』さえ聞いていなければなにも考えずにそうしただろうと思ったからだ。

「どうぞ」

「あ…すみません、ありがとうございます」

むすりとした低い声。やはり昨日の出来事は勘違いだったんじゃないのかという気がしてくる。ふっと男の本心に興味を持った途端、気が緩んだ。

『…嬉しい。余村さんがお茶を煎れてくれた』

——勘違いではなかったらしい。

変な男だ。だったらもっと、にこにこと嬉しそうな顔をすればいいのに。そんな仏頂面《ぶっちょうづら》を見せられたんじゃ、惚《ほ》れられているどころか毛嫌いされていると誤解しかねない。

いや、誤解していたほうがよかったかもしれないが。

余村はそそくさと自分の席に戻った。弁当を広げて食べ始めるも、意識はすっかり二メートルほど離れた位置の男に攫《さら》われ、冷めかけた焼きそばの味など判らない。

息が詰まる。テレビも窓もない、あるのは白いテーブルにパイプ椅子、小さな食器棚とカレンダーくらいの部屋だ。

いつもこんな時間に一人で食事を摂っているんだろうか。そういえば休憩室で彼を見た覚えがほとんどない。

「長谷部くん…だよね？」

余村はとうとう耐え切れずに口を開いた。それに昨夜は動揺してしまい、ちゃんと礼も言えていなかった気がする。

「昨日はありがとう。その…助けてくれて」

「あ…いえ、俺が悪いんです。よく周りも見ずに片づけやってたんで、すみませんでした」

「足、大丈夫？」

うっかり訊《き》いてしまった。こちらに顔を向けた長谷部が目を瞠《みは》らせる。昨日は口ではなんともないと言い切っていた男だ。

「平気です。どうして足…捻《ひね》ったの判ったんですか？　余村さんって…なんか、察しがいいですね。前も薬、わざわざくれたでしょう？」

「薬？」

余村は忘れていた。

言われるまできれいさっぱり忘却《ぼうきゃく》していた、目の前の男との接点。確か入店してまだ間もない頃だ。休憩室で見かけた男が気になった。周囲にいた社員は誰も彼の不調に気がついていないようだったけれど、苦しむ『声』を余村は感じ取った。否応《いやおう》無《な》しに聞こえるほど、部屋の隅で『声』は呻《うめ》き続けていたのだ。

激しい頭痛に悩まされているようだった。ちょうど昼食のあとに銀行に行くつもりだった余村は、ついでに立ち寄った薬局で頭痛薬を買った。戻った休憩室に男の姿はもうなかったけれど、売り場をうろついて探し出し、半ば強引に手渡した。

そうだ。彼を見つけたのは、確かに生活家電コーナーだった。この男だ。どうして今まで忘れていたんだろう。

余村にとって、重要な出来事ではなかった。親切心はあったにしても、薬は男のためだけというわけではない。余村も頭痛持ちで、ロッカーに常備しておいたほうがいいと思い当ったのだ。

——まさか、あれだけのことで惚れられてしまったのか。

対角線上の男は、きまり悪そうに自分の顔に触れたりしている。

「俺、そんなにいろいろ顔に出てますか?」

「いや…」

むしろ判らなくて問題なくらいだ。

「その…僕は昔から病人に気づくのは得意なんだ。母が看護婦だからかな」

関係ない。強引にもほどがある言い訳に、長谷部はがちがちに強張《こわば》った顔を少しだけ緩め、

「そうだったんですか」と軽く頷いた。

意外にも素直な性格のようだ。

会話が途絶えた後も長谷部が気になって仕方がなく、余村は食事中もちらちらと窺った。

どこから見ても普通の男だ。ひょろりとしているわけでも、特にガタイがいい訳でもない。

中肉中背…いや、背は高い。拘《こだわ》りも大してなさそうな髪型に、ありふれた柄《がら》のネクタイにシャツ。

顔は悪くないのにな、と思った。よく見れば整った顔をしている。鼻も高いし、すっとした眦《まなじり》の目も悪くない。もう少し笑顔を見せるなり、若者らしい快活《かいかつ》さの一つもあれば、女子社員のウケもいいだろうに。

余村は長谷部の顔を見るうち、何故《なぜ》だかフォローに回っている自分に気がつく。

——もちろん、女だったらの話だ。長谷部の中身がどうだろうと、男の自分の恋愛対象にはなりえない。お茶一杯で一喜一憂《いっきいちゆう》するところを見るとプラトニックな感情なのかもしれないが、それでも有り得ない。

同性愛だなんて考える余地《よち》はない。

「あ」

微《かす》かに上がった男の声にハッとなる。

長谷部は一気に飲み干したらしい湯飲みの中を見つめ、「しまった」と呟いていた。

『せっかく、余村さんが煎れてくれたお茶なのに』

そんな声が聞こえ、あまり深く考えもせずに言ってしまった。

「もう一杯煎れようか」

まずいと思う。なるべく関わらないほうがいい。そう思いながらも、嬉しそうな『声』を聞いてしまうと、悪い気がしない。胸がうずうずするような、久しい感覚。人の『声』が聞こえるようになってからというもの忘れていた感覚だ。

「はい、ありがとうございます」

ぎこちないながらも長谷部が笑みを見せたりして、余村は焦《あせ》った。

変な気を持たせないようにしなくては。そう誓《ちか》わねばならなかった。


長谷部とは話をするようになった。

一度言葉を交《か》わす仲になった以上、通路で合っても知らん顔というのはしづらい。年末年始の忙しさで昼の休憩時間が遅くなり、長谷部とタイミングが合いやすくなったのもある。けれど、それらが言い訳に過ぎないのも余村は判っていた。

長谷部と話すのは心地《ここち》がいい。

「長谷部くん、もう少し早く食事をすればいいのに。せっかく作ってくれてるのに味も落ちるだろう？」

休憩室で遅い時間に弁当を食べているのを見かけると、ついつい話しかけてしまう。

弁当は毎日妹が作ってくれているらしい。随分《ずいぶん》と仲のいい兄妹だ。

「早く食べたくても仕事が落ち着かないことにはしょうがないです。作ってくれてるって言っても、自分の分を作るついでみたいだし…妹も働きに出てますから」

「でも作ってくれてるのには変わりないよ」

「それもそうですね」

余村が突っ込めば、箸《はし》を止めて弁当箱の中をじっと見る。なにがそんなに彼をお堅《かた》くさせるのか、始終《しじゅう》ふやけたところのない顔をしているわりに、やけに素直な一面のある男だ。

「長谷部くん、えっと…話半分で聞き流してくれていいよ。僕はほら、弁当作ってくれる人もいないから羨《うらや》ましいんだな、きっと」

「羨ましいんですか？　今度、妹に頼んで余村さんの分も作ってもらってきましょうか？」

「え？　だ、だから真に受けなくていいんだって」

「あ…そうでした。すみません」

律儀《りちぎ》に謝られ、余村は思わず笑った。

長谷部も笑う。引き結ばれた唇がふっと一瞬の笑みを形作る。自分でも可笑《おか》しいと感じたのかと思いきや、不意打ちで声を聞いてしまった。

『余村さんの笑った顔、いい』

まいった、と思う。

けれど、不快ではない。自分を好んでくれる相手の存在が心地いいのを余村は知ってしまった。ささやかな言葉。「今日は暖かいね」とか「弁当は誰が作ってくれてるの？」とか、そんな他愛《たわい》もない声をかけるたび驚くほど喜んでくれる長谷部に、つい心が和《なご》んでしまう。

悪趣味なのは自分でも判っている。よくないことだとも。他人の気持ちを知っているのも後ろめたいが、知りながら気を持たせるように近づいてしまうのはもっと悪い。

いけないいと注意されると反抗的にそれをしたくなってしまう思春期の子供じゃあるまいし、自分に呆れる。

変に親しくなったりして、万が一告白でもされたらどうする——

「余村さん、大丈夫ですか？」

茶を飲もうとして、余村は噎《む》せ返《かえ》るように咳《せき》をした。一度始めると止まらなくなり、何度も繰り返す。数日前から時々軽い咳が出ていたのだけれど、今では胸の奥にずんと重く響く嫌な咳だ。

「風邪ですか？」

「あぁ、どうも元旦の初売りで悪い菌《きん》もらったみたいでね。混んでたし、そういえば変な咳してる客もいたし…ついてないよ」

「休んだほうがいいんじゃないですか？」

「まぁあと数日だから。正月七日過ぎれば客も落ち着くし、連休ももらえる予定だし。心配してくれてありがとう、もう売り場に戻らないと」

午後四時過ぎ。壁の時計を確認した余村は席を立った。猫の手も借りたいこの時期に、そうそうのんびり茶を啜《すす》っているわけにもいかない。皆忙しいらしく、休憩室に入ってきても短時間で出ていく。

「俺も戻ります」

長谷部も出ていき、余村は戻る途中トイレへ立ち寄った。用を済ませて洗面台に向かえば、従業員用トイレの簡素な鏡に映るのは当然ながら自分の顔だ。

どう見ても男の顔だよなと思う。それも少しくたびれた感じのする男の顔だ。顎《あご》の下に剃《そ》り残しの短い髭《ひげ》まである。昔から髭は薄く、急いでいるとつい見落としてしまうのだ。

表情には覇気《はき》がない。目に力がなく、この世のすべてを諦めてしまったかのような顔をしている。体調が今一つのせいだけではないだろう。自分の目は昔からこんなだっただろうか。もっと輝いていた時期もあった気がする。

長谷部も悪趣味だ。

――こんな男のどこがいいのか。

『余村さんの笑った顔、いい』

どんなものかと鏡の中に笑いかけてみて、余村は激しく後悔した。バカな行いを悔《く》いるように、顔を背《そむ》けて何度も咳をした。


一月七日は日曜だった。今日を乗り越えれば、明日から余村は四日間の休みに入るというその日。朝目覚めた瞬間から、『やばいな』とは思っていた。

やけに体が重い。熱っぽい。昨日までもだるいとは感じていたが、それとは桁違《けたちが》いの不調だった。熱があるのは間違いない。測《はか》れば余計にぐったりしそうで、体温計は探し出さず、市販の風邪薬を気休めに飲んで出勤した。

売り場は忙しかった。それでなくとも、パソコンの販売コーナーはあれこれと店員を頼ってくる客が多い。忙しさ自体は苦痛でもなかったけれど、頭がぼうっとなれば当然凡《ぼん》ミスも犯した。

「あの客に特価品を教えるなって言ったのに」

一組の客が帰った途端、怒りを露《あらわ》にしたのは販売員の一人だ。利益至上《しじょう》主義で、そのわりに得意客の信頼が薄く、売上の芳《かんば》しくない男だ。

「金持ってんだから、わざわざ安いの選んでやる必要ないんです」

「すみません、スペックが希望に合ってて、これはどうかと訊かれたので説明しました」

「適当にかわしてくださいよ、そんなの」

不満をぶつけられるのは構わないが、合間に入り乱れるどす黒い感情が余村を憂鬱《ゆううつ》にさせる。

『売上がいいからって調子に乗ってんじゃないだろうな、契約社員のくせに。目障《めざわ》りなんだよ』

熱のせいで意識が散漫だった。『声』を聞かずにいることができない。最初の頃のように、すべての人間の思いが流れ込んでくる。

皮肉にも、聞こえる『声』によって客の細かな要望にも応えられ、自然と売上を伸ばす結果となった余村は、この店でも妙に絡《から》まれる。

その後も男が傍に来るたび、突き刺さるような『声』が責《せ》め苛《さいな》んだ。店内は余村の耳には酷《ひど》くざわついていた。店が混めば混むほど、様々な人間の内に秘めた感情が交錯《こうさく》して聞こえた。

嘘、偽《いつわ》り。不満に怒り。自分に対してでなくとも、気が滅入《めい》る。人はどうしてこんなにも内と外とが違うのだろう。

それが社会生活を円満に営《いとな》むために必要だというのなら、『声』が聞こえるのはやはり自然に反している。ただただストレスを生むばかりで、なんの喜びも与えない。

午後三時過ぎ。余村は客が途切れるのを待って、ふらふらと店の奥に向かって移動した。

食欲はなく、ただ奥に行きたかった。

長い長いフロアをひたすらバックヤードに向かって進めば、エアコンだの洗濯機だの人気のウォーターオーブンだのが並ぶ売り場を通りかかる。

余村は無意識に長谷部を探していた。『声』を聞きたかったのかもしれない。自分に好意を寄せてくれている長谷部の『声』なら、たぶん安心して聞いていられる。

長谷部はいたが話はできなかった。余村の視線にも気づかない男は、客の相手をしていた。主婦に見える財布の紐《ひも》の固そうな女性。長谷部はカタログを幾《いく》つも広げ、熱心に説明をしている。

昼休みもいつも遅くなるはずだ。

仕事熱心な今時珍しい好青年。それがちょっと口下手というだけで女性に不評というのだから、世《せ》の中世知辛《ちがら》いなぁ…なんて、熱で呆《ほう》けた頭で思う。

休憩室で十五分ほどの短い休みを取ったが、その間に長谷部がやってくることはなく、戻る道すがら確認すればまだ同じ客の相手をしていた。

その後は忙しさに追われ、長谷部のことを考える余裕もなかった。立っているのさえも精一杯。閉店時間を過ぎる頃には、よく一日無事に過ごせたと思うほど頭は朦朧《もうろう》としていた。

しばらく休んでから帰ろう。立ち寄った休憩室には、横になれるベッドはもちろん長椅子なんて気の利いたものもなく、いつものパイプ椅子に座りテーブルに突《つ》っ伏《ぷ》す。

頭がどんよりと重たい。高架の線路を電車が走り抜けるたび天井が揺れる。賑やかな店内では感じない振動は、びりびりと体に伝わり、レールと一緒に自分が軋《きし》んでいるような錯覚《さっかく》すら起こる。

ばらばらに砕《くだ》けそうだ——

「余村さん、やっぱりまだ残ってたんですか」

ドアが開いた。

「長谷部くん…」

「どうしたんですか？　みんなもうほとんど帰ってますよ、具合でも悪いんですか？」

「あぁ着替えて帰ろうと思ったんだが、ちょっと気分が悪くて…君は…どうして？」

わざわざ退社前に立ち寄る必要もない部屋だ。実際、転がり込んでだいぶ経《た》つが、誰も入ってきていない。

『タイムカード…』

『声』が聞こえた。事務所の出入り口のカードを見たらしい。そういえば仕事は終わったのに押し忘れてしまっている。

ぼんやりと考えていると、長谷部はぺこりと頭を下げた。

「すみません、タイムカードを勝手に見たんです」

「え…」

「それで、余村さんの姿はないのにまだ押されてないからおかしいなと思って…ずっと変な咳してたし、早退かなとも思ったんですけど」

カードを見たなんて、黙っていれば判らないのに。

律儀な男だ。純粋に自分を心配して探しにきた男に、ずしりと気持ちまで重くなっていたのが少しばかり浮上《ふじょう》する。

「立てますか？　そろそろ店長たちも帰るみたいなんで、出ないとまずいです」

「あぁ、僕ももう出なきゃと思ってたところだから…」

人気《ひとけ》が少なくなるのを待っていたのもある。

帰り際の狭いロッカー室で人に揉《も》まれ、余計な『声』は聞きたくなかった。

余村は立ち上がる。

「わ…」

真《ま》っ直《す》ぐに立ったつもりが、何故だか壁のカレンダーが大きく傾いて見えた。

あれっと思う。あぁ目が回るってこんな感じなのかと、どこかのんびり考える。視界は白くなったかと思えば、次の瞬間には暗転した。黒く塗《ぬ》り潰《つぶ》され、がたりと背後にあるはずのパイプ椅子が音を立てる。

膝《ひざ》をついたかつかないか、その感覚は余村にはなかった。ただ、自分は床に転がることはないだろうと思った。クリスマスの夜と同じ。床でもアスファルトでもない、少し柔らかでそして温かい感触が自分を受け止める。

ここなら、いい。

余村は意識を手放した。


「遅いな。もう一度言ってきましょうか？」

店からほど近い病院は、すべて診療を終えている時刻。余村は夜間救急診療を受けつけている総合病院へ駆け込むしかなかった。駆け込むといってももちろん病人が走っていけるはずもなく、タクシーを摑まえてくれたのも、ふらふらと覚束《おぼつか》ない歩みの余村を支えてくれたのも長谷部だ。

明かりの半分落とされた待合室には幾人《いくにん》もの患者がいる。受付をしてかなりの時間が経つが、一向に呼ばれる気配はない。

「いいよ。もっと重病の人が立て続けに来てるのかもしれないし。こうしてるとだいぶ楽になってきた」

待合室の余村は、長谷部に勧《すす》められるまま長椅子に横になっていた。被《かぶ》っているのは自分のハーフコート。店を出る際に長谷部がロッカーから取り出してきてくれたのだが、よほど焦っていたのか長谷部のほうはワイシャツにブルゾンの仕事着のままだ。

「やっぱり救急車を呼ぶべきでしたね。そのほうが対応早くしてくれるって言いますし」

「そんな大げさな。ただの風邪だよ」

「気を失うくらいの熱ですよっ!?」

突然のきつい声に、余村は驚く。待合室の周囲の人間までもが注目し、こちらに視線を向けてくる。

「あ、すみません、つい…」

長谷部は詫《わ》びた。

余村は悪い気分ではなかった。着替えも忘れて飛び出してくれた男の『声』はずっと聞こえていた。朦朧とした頭に響いてくる、心配だと騒ぎ立てる男の『声』。

「余村さん、大丈夫ですか?」

『余村さん、真面目そうだからきっと働きづめなんだな。クリスマスも、寒いのに閉店過ぎてもチラシ配ってたし』

高熱で判断力が低下しているらしく、普通の会話も『声』も混在して聞こえる。

「そんなことないよ。君ほどじゃないだろう」

「え?」

「あ、いや…」

思わず『声』に返事をしてしまっていた。

「すみません、大丈夫なわけないですね。誰かに連絡しなくても構わないんですか？　ご家族の方とか…」

余村は重い体を動かす。長谷部の口に出した言葉と『声』を混同しないよう、狭い長椅子で寝返り打ち、男の唇の動きを見た。

「そうだ、親は看護婦だって言ってませんでしたか？」

「あぁ…でも一緒にはもう住んでいないし、家族はいない。ペットも恋人もね。それに風邪ぐらいで連絡が必要な年でもないよ」

母親は確かに看護師だが、もう何年も会っていない。もともと疎遠《そえん》気味だったところに、三年前に『声』が聞こえるようになり、一層《いっそう》避《さ》けるようになった。引き籠もって日がな一日ダラダラと過ごしながら、母親から電話がかかってくると、余村は「仕事が忙しい」と突っぱねた。幸《さいわ》い実家は遠い。わざわざ押しかけてくるようなことはない。もしかすると距離を言い訳に来ないでいるのは向こうのほうではないかとさえ思う。

両親は余村が小学生の頃に離婚している。自分の親権をどちらが持つかで二人は揉め、結局引き取ったのは母親だった。

そして一年が過ぎようとした頃、偶然耳にしてしまった。

『母親だもの、欲しくないなんて言えなかったのよ』

電話に向かいそう言った母の声。

中学校の入学式があと数日に迫《せま》った春の午後だった。生暖かい風が開け放しの玄関ドアから家の廊下を吹き抜けていて、居間の入り口に突っ立った余村を包んでいた。

それから半年後、電話の相手らしき男と母親は再婚した。男は余村の父親になろうと努力してくれたし、母との関係もけして悪くはなかったが、ずっと心の底では疑い続けていた。

自分に笑顔を向ける母親を見る度、考える。

本当にこの人は笑っているのかと。

余村は思っていた。あの春の日を境に、家を出るまでの間ずっと思い続けていた。

人の心が判ればいいのにと。

もしもあの願いが『声』を聞くきっかけになったというのなら、あまりにも遅すぎる。あれから長い月日が過ぎた。世界の人口は多過ぎて、願いを叶えるにも順番待ちで、十年くらい早いほうだとでもいうのか。

そして判るようになった途端、恐ろしくてとても親に会いたいとは思えない。人の心など、判らないでいるほうがいいに決まってる。

「長谷部くん…悪いね、こんなことに付き合わせてしまって」

病院の待合室に響く『声』はあまりいいものではない。痛み、苦しみ。どこかしら苦痛を覚えてやってきているのだから当然だ。隣に座る長谷部の存在は、余村にとって救いだった。

まるで形のない壁。長谷部の『声』は周囲から遮ってくれる。

「お礼です」

「え？」

「薬、もらったから」

男はぽつりと言った。言葉の少なさを補塡《ほてん》するように、『声』となり想いは聞こえてくる。

たったそれだけ。本当にそれだけが、きっかけとなり、自分に興味を抱いたのだと。

「あのとき嬉しかった。余村さんが気づいてくれて。やっぱり人に気にかけてもらうって嬉しいもんですね」

見上げていた長谷部の横顔は、ふっと嬉しそうに緩む。

無表情が板についた男を微笑ませるほどのことを、自分はなにもしていない。優しいわけでも、気遣いができるのでもなく、ただ『声』が耳についただけだ。

「余村さん、さっき連絡が必要な年でもないって言ったけど…心配してもらうのに年は関係ないです」

「そうかな…そうだね、君がいてくれて心強いよ」

「恩返しですから。役に立ててよかったです」

「…ありがとう。でも仕事で疲れてるのにやっぱり申し訳ないな。今度なにか礼をさせてもらうよ。あぁ、そうだ君はお酒は好きか？」

「酒？」

「お歳暮《せいぼ》にもらいすぎて困ってるんだけど、お礼にもらってくれないかな？」

嘘だった。会社を辞め、人付き合いも避けている自分に、今やその手のものを贈ってくる人間はいない。ただ、もらい物だと言っておいたほうが、長谷部は素直に受け取ってくれる気がした。礼が大げさになるときっと嫌がるだろう。

「酒は飲むけど…」

「なに？　禁酒でもしてるの？」

「一人では…飲みません。お礼、もしてもらえるのなら、今度一緒に飲んでもらえませんか？」

長谷部の緊張が、言葉でも『声』でも伝わってくる。

ただの飲みごとへの誘い。けれど、断るべき誘い。長谷部が真剣なのが判れば判るほど、そうしなければならないと余村は知っていた。

思わず返答に詰まる。その間も、長谷部の頭の中は思考を休まず、残らず余村の頭にも届き続ける。

不自然だっただろうか。呆れてるだろうか。早く返事を言ってほしい。返事が知りたい。でも、断りの返事なら聞きたくない。返事は――

どくどくと鳴る長谷部の心臓の音まで聞こえてしまいそうだ。

「いいよ」

気がついたときには、余村はそう応えていた。たったそれだけの返事なのに、不器用な男の心は喜ぶ。

看護師の呼びかけが聞こえた。

「余村さん。余村和明《かずあき》さん」

「あ、はい」

やっと順番が回ってきた。慌てて起き上がろうとして、椅子の上についた手が傍に置かれたなにかに触れた。

長谷部の指先だった。骨っぽい硬い感触。ふっと男を見上げると、こちらを見た男の顔が驚くほど真っ赤に染まっていた。

触れ合った指先が熱くなった気がした。

子供の頃、指先一つで物を動かせたり、魔法をかけたりするのに憧《あこが》れていた気がする。

誰もが通る、幼い頃の他愛《たわい》もない夢。いつどの時点で芽生《めば》え、そして消えたのか判らないけれど、誰の指にもそんな力は備わっていないのは確かだ。

余村はふと自分の指先を見つめた。

なんの変哲《へんてつ》もない男の指だ。男にしては指先は細く華奢《きゃしゃ》だが、だからといってあまり器用でもない。こんがらがった紐の類《たぐい》を余村は必ずといっていいほど上手く解《ほど》くことができず、長い間格闘する羽目になる。

ガタン。電車がカーブに揺れ、はっとなった。足元に置いた紙袋が倒れそうになり、隣の男がすっと支える手を伸ばしてくる。

袋の中身は酒瓶二本だ。数日前に酒屋で買ったものだが、長谷部にはもらったものだと言っている。

一緒に飲むという約束を果たすべく、長谷部の家に向かっていた。

一月下旬。余村が倒れて世話になってから二週間が経つ。二人とも明日の火曜は休みで、仕事帰りに飲むには今夜は都合がよかった。

「あと一駅です」

目が合う。まるで物件を案内する不動産屋のような事務的な口調だ。そのくせ長谷部が内心緊張しているのも判る。

もしも今、その頬をこの指で突いてみたりしたならどうなるだろう。病院の待合室でのように顔が赤くなったりするのだろうか。

余村の指先には力がある。

不思議な気分だった。色恋沙汰《ざた》の経験はそれなりにあるつもりだけれど、こんな風に自分の一挙手一投足《いっきょしゅいっとうそく》に影響力があると感じたことはない。

次の駅にはすぐに到着し、長谷部に続いて電車を降りた。路線は同じでも、余村の家と方角はまるきり反対だ。

電車で数十分、駅から徒歩で十数分。辿《たど》り着《つ》いた長谷部の家は、ベッドタウンの片隅に立つ小ぢんまりとした一軒家だった。古びてはいるが、ごく平均的な家だ。

少ししまったと思う。実家暮らしなら両親もいるわけで、酔っ払って醜態《しゅうたい》を晒《さら》しでもしたら体裁《ていさい》が悪い。

「おかえりなさい」

玄関ドアが開く。身構える余村の前に姿を見せたのは、意外にも若い女性一人だった。

「こんばんは、兄のお店の方ですよね？　どうぞ上がってください。兄がいつもお世話になってます。妹の果奈《かな》です」

礼儀正しい妹だ。涼やかな目元の辺りが長谷部にとてもよく似ていて、一目で血の繋がりを感じさせる。オレンジ色のセーターに膝丈のスカート。シンプルだけれど、客を迎えてもおかしくないきちんとした姿をしていた。

案内されたのは居間だった。そこにも両親の姿はない。午後九時。就寝するには早すぎやしないかと疑問を覚える余村に、長谷部は妹と二人暮らしなのだと言った。

両親はいないと聞き、驚いた。長谷部が高校一年のときに不慮の事故で二人とも亡くなったのだと告げられ、どんな顔をしたらいいのか判らなくなった。

二人きりの家族。弁当のことでも感じていたけれど、本当に仲のいい兄妹だ。

居間のテーブルで酒盛りが始まると、次々と料理が出されてくる。普通、兄の知人が来るからといって、手作りのツマミまで用意してくれたりはしないだろう。むしろ煙《けむ》たがられるのがオチだ。

「兄が人を連れてくるなんて久しぶりなんです」

小鉢《こばち》を出しながら、彼女は嬉しそうに言った。

「ね、高校のとき以来よね？」

「…そうか？　よく覚えてない」

余村は勧められたソファに腰を下ろしていたが、長谷部は直接カーペットの上に座っている。熱燗《あつかん》にした酒をちびちびと飲みながらどこかきまり悪そうだ。

「本当なら光栄だね」

「兄は遊び方を知らないんです。働くばっかりで…」

「果奈、余計なことは言わないでいい」

「なぁに、本当のことよ？　別に悪い話はしてないでしょ」

少し可笑しい。力関係は必ずしも兄が優勢ではないらしく、彼女は怯《ひる》んだ様子もなく続けた。

「この家は両親が残してくれたんですけど、あまり貯金とかは多くなかったんです。それで兄が高校卒業してすぐに働いて、私を短大にも進学させてくれて…」

「果奈、つまらない話するな」

「ふふ、照れ屋なんです」

「そうみたいだね」

果奈が笑い、余村もつられて笑う。仏頂面が標準装備の兄とは違い、天真爛漫《てんしんらんまん》そうな妹だ。

「余村さん、ゆっくりしていってくださいね。兄にも親しい人がいるんだって判って安心しました。もうホントに私がいなくなったらどうするんだろうって、心配でしょうがないんですよ」

まるでその予定があるかのような口調に、余村は小鉢の煮物を突《つつ》いていた箸を止める。

「家を出るの？」

「そうですね、まぁ」

ふふっと意味深《いみしん》な笑みを見せる。やけに嬉しそうだ。

彼女はしばらく世話を焼いていたが、やがて「ごゆっくり」と旅館の仲居《なかい》みたいな一言を残して二階に上がっていった。

「結婚かな？」

「そうみたいです」

ふと思い当たって呟けば、あっさり肯定《こうてい》されてしまった。

「早いね。まだ若いのに…君も複雑な気持ちだろう？」

「俺が？　どうしてですか？」

「いや、随分妹さんを大事にしてるようだから、余所《よそ》の男になんかおいそれと渡したくないんじゃないかと…」

「そうですね、大事には思ってます。だから、惚れた相手と幸せになってくれるのなら、それが一番です」

潔い男だ。自分の感情は二の次らしい。

余村は何の気なしに口にしていた。

「君は結婚しないの？」

拙《まず》い言葉だった。もしも同性にしか興味が持てないのなら、結婚なんて考える余地もないだろう。

「ええ、相手もいませんし」

「君の好みは想像もつかないな」

慌てて出た言葉は墓穴《ぼけつ》だ。

たったの一杯飲んだくらいで、もう呆けてきているのか。無責任にもほどがある。酒の勢いで、自分だなどと口にされたらどうする。

一気に高まる緊張感。顔を青くしつつ、平静さを装《よそお》う余村の傍で、長谷部は動きを止めた。

テーブルの一点を思案《しあん》気《げ》にじっと見据え、それからグラスの酒を一口飲む。

「好みはよく判りません」

「え…」

「俺はあまり人を好きになったことがないんで」

「ない…の？」

「急に親がいなくなって、それからなんかいっぱいいっぱいで、恋愛とかする暇がなかったんです。考えもしなかったっていうか」

そういえば友人付き合いすら満足に長谷部がしていないような話を、妹がしていた。たぶん年のわりにとっつきにくいほどの落ち着き具合も、妙な生真面目《きまじめ》さもそのせいで板についてしまったに違いない。長谷部には浮《うわ》ついている暇はなかったのだ。そう考えると、なんだか切ない。

「でもまぁ今は…妹にも恋人ができて、肩の荷が下りてきたって感じですね。余村さんこそ…まだ独身ですよね？」

急に向けられた矛先《ほこさき》。今度は余村が戸惑う番だった。独り身の自分について考えるとき、思い出されてしまうのはあの雪のクリスマスの朝だ。

「あぁ…縁がないみたいでね」

余村は言葉を濁《にご》した。あまり触れられたくない話題である以上、自然と口は閉ざし気味になる。長谷部は元から口数の少ない男であるから、一気に二人の間の会話は減った。

賑やかしに点《つ》けられたテレビの音だけがやけに大きく響く。テレビのタレントの声にでも集中していないと、長谷部の『声』を聞いてしまいそうだ。

興味もないバラエティ番組に食い入るような視線を向けていると、長谷部が言った。

「たぶん…優しい人が好きなんだと思います」

ぼそりとしていたけれど、確かな言葉だった。

隣を見る。男も自分を見ていた。

触れてもないのに、心なしかその頬や耳はうっすらと赤く染まっていた。

「あ…えっと、おかわり作りましょう。薄めがいいですか？」

焼酎《しょうちゅう》のボトルを手にする長谷部の淡々とした動きとは裏腹に、『声』が伝えてくる。

『余村さんが、うちにいる。嬉しい。夢みたいだ』

たどたどしいような『声』。普通に聞いたなら、カップルでも興醒《きょうざ》めしてしまいかねない恥ずかしくもストレートな言葉は、余村の深くまで潜《もぐ》り込《こ》んでくる。

『隣にいる』

力があるのは指先じゃない。

自分の存在だ。

余村は酒ではなく、長谷部の『声』に酔いそうだった。どうやら長谷部の存在もまた自分への影響力があるらしい。

眠りはいつも浅かった。

三年前に迷い込んだ悪夢からけして醒《さ》めないよう、まるで意図的に妨《さまた》げられているかのように、深い眠りに逃げ込むことは許されない。

けれど、その夜は余村にしては心地のいい眠りについていた。

いつ寝入ったのか覚えていない。とろとろと眠りの淵《ふち》を彷徨《さまよ》う余村は、なにか柔らかなものが体を覆《おお》った感触に、ゆるゆると覚醒《かくせい》していく。

最初に感じたのは、頭の下の違和感だった。枕にしては硬い。寝心地もあまりよくはない。自分の部屋ではないのをすぐに察し、ここはどこだったろうと思った。体の内には気持ちのいいような悪いような、どろりとした熱が満ちている。

アルコールの熱だ。

あぁ、今夜は彼の家で――

ぼんやりと開いた目蓋《まぶた》は重い。視界は薄暗かった。見覚えのある家具が暗がりに映り、やっぱり長谷部の家だと思う。元々仕事帰りに始めた酒盛りだ。あっという間に遅い時間になり、「泊まっていけばいい」と勧められた記憶がある。その度に「ちゃんと帰れるから」と返していた記憶も。

遠慮は口先ばかりで、どうやら沈没《ちんぼつ》してしまっていたらしい。

ちゃっかりしてる。普段の眠りの浅さからは考えられない失態だ。まいったな、などとバツの悪さを感じつつ余村は目蓋を起こし、ぎょっとなった。

一人きりとばかり思っていた居間の暗がりに、長谷部がいた。傅《かしず》くようにソファの傍《かたわ》らに座り、自分を見ている。今しがた感じた柔らかな感触は、長谷部が毛布をかけてくれたからなのだろう。

廊下から漏《も》れる明かりを受け、長谷部の影は余村の胸元に伸びていた。

目が合う。長谷部はどういうわけかなにも言おうとしない。まだ完全に目覚めきれない頭に、『声』が忍び入ってくる。

『余村さん』

いつもとはどこか違う、暗く押し殺したような響きの『声』だった。

『触りたい』

霞《かす》んでいた思考が一気にクリアになる。余村は驚いた。どこか覚束ない初々《ういうい》しさで自分を慕《した》っていた男の『声』が、生々しい欲求を滲《にじ》ませているのに驚く。

ぎこちない動きで半身を起こした。

「長谷部くん…あの、すまない…その、眠ってしまって…」

「いいんです」

『触りたい』

「…えっと、今何時かな。まだ終電あるなら、か…帰らないと」

「もうないはずです。一時になるとこですから。遠慮しないで泊まっていってください」

『触りたい、キスしたい』

「で、でもそんな、は、初めて来た家にいきなり泊めてもらうってのは…」

「気にしすぎです。起き上がれるなら、客間のほうに布団を…」

『触りたい、キスしたい――抱きたい』

聞き流せない。

切羽詰《せっぱつま》ったように混在する『声』。

心の声は必ずしも筋道《すじみち》を持たず、連《つら》なる欲求を表す言葉の合間には、さらに生々しい欲望を覗かせる『声』も折り重なる。

狂おしい感情に、余村は怯んだ。

長谷部も普通の男だと知る。普段のどこか禁欲的な印象からは想像もつかない激しさで、己の熱を癒《いや》す体を求める。

雄《おす》の本能は、同じ雄である自分に向けられていた。

「余村さん、どうしますか。起き…」

ぱしっと乾いた音が響く。

「あ…」

肩に触れた長谷部の手を、自分が叩《はた》き落としたと気がつくのに少し間があった。

長谷部が呆然と自分を見返している。

「す、すまない。ちょっと寝ぼけて…びっくりして…」

「…いえ、構いません。それじゃあ、布団を用意しますから」

何事もなかったかのように男は背を向ける。さして気に留めた風もない言葉と声。けれど、余村には判らずにはおれない。

長谷部は傷ついていた。払い落とされた手の微かな痛みに傷つき、落胆し、そして——抱いていた衝動の疚《やま》しさに己を嫌悪《けんお》している。

「長谷部くん…」

背中が酷く哀しかった。まだ薄いブルーのワイシャツを着たままの長谷部の背に、余村は無意識に手を伸ばしていた。

「余…村さん?」

驚きに男が息を飲む。余村はふらりとソファから身を乗り出し、立ち上がろうとした男の背に触れた。

そっと抱きしめてみる。

ただ、その傷を癒せるものならと思った。まるで母親が子供にそうするように。それが大人の男二人では不自然で、そもそも長谷部の心の痛みを悟《さと》っているのはおかしいのだと余村は判断できずにいた。

ゆっくりと背中が振り返る。

「…余村さん、どうかしましたか？　具合でも…」

目が合った。暗がりの中で、一層深みを感じさせる長谷部の黒い眸。表情に変化はない。ふとその深いところを覗き込みたい衝動に駆られた。

顔を近づける。まるでキスでもするみたいだ。そう思った瞬間、余村は唇で他人の温度を感じていた。ふっと寄せられた唇は、あっけないほど簡単に触れ合う。

キスをされたと騒ぐには、あまりにも静かな口づけだった。

反応しないでいると、もう一度。拒《こば》まずにいれば、さらにもう一度。

繰り返す、何度も。

「あ…」

迫ってきた男の体に身を引く。追いかけてきた体に押されるようにして、ソファの背もたれに身を預けた。頬を両手で挟《はさ》まれ、まるで狙いすまされる的《まと》になったみたいに唇が重なる。

ずるりと腰が滑《すべ》り、低い背もたれに頭を任せた。

「…余村さん」

不思議なほど、余村の心に拒むという選択肢《せんたくし》はなかった。

余村は目蓋を落とした。

長谷部の熱っぽい眼差しが見えなくなり、ただ唇だけで相手を感じる。

互いの輪郭《りんかく》を重ね合わせるみたいな触れるだけのキスは長い間続いた。まるでいくら隣り合わせにしたくとも合わないパズルのピースをくっつけるように、幾度となく角度を変え、男は唇を押し当ててきた。

立ち寄った本屋でふと広げた雑誌に、学校帰りの女子高生二人がくすくすと笑ってこちらを見ている。

余村が何気なく手に取って見ていたのは、あまり一般的とは言《い》い難《がた》い雑誌。ひっそりと一冊だけ棚に差し置かれていた、ゲイ向けのグラビア誌だった。

自分は同性愛の気《け》があるのだろうか。

気がかりで、確かめてみようと本を手に取った。こういった性の問題は自分ですら気づかず、随分年齢を経《へ》てからふとした弾《はず》みに目覚めることもあるという。あるいはバイである可能性も捨てきれない。

長谷部とキスをした。

酔っていたからといって、普通男を抱きしめるだろうか。誘うような真似《まね》をしてしまうものか。その上、自分は一つもキスを拒もうとはしなかった。

繰り返したのは淡いキスだったにもかかわらず、唇が離れた後は二人とも息が上がっていた。

なにか言おうとして言葉が出ず、余村はただ長谷部を見つめた。もしもあの瞬間、長谷部が自分を好きだと言ったなら、キス以上の行為を仕かけてきたなら、受け入れてしまったかもしれない。それほどにキスは心地がよかった。

『余村さん、好き』

『声』はずっと聞こえていた。

『好き』

キスの合間も後も、長谷部はそう何度も『声』にした。けれど、結局一度も口に出して言うことはなかった。長い間見つめ合った後、長谷部がようやく口を開いて発した言葉は、「おやすみなさい」の一言。立ち上がろうとして、それで引っ込むわけにもいかないと思い当たったらしく、布団や風呂の説明をしていた。

長谷部にしては珍しい早口。ソファの縁《へり》に置かれた手が、不自然に震えていた。説明されても余村の耳は半分機能せず、男の節張《ふしば》った指ばかり見ていた。

案内された部屋で寝つけずに考えた。慣れない枕に頭を預け、明日の朝どんな顔をしたらいいだろうと。何度も寝返り打ちながら、キスについて長谷部がもしなにか言ってきたならどう応えるべきかと、ぐるぐると頭を悩ませる。遠足前の小学生のように頭は冴《さ》えっぱなし。けして不快でないのが不思議だった。

翌朝になると、悩んだのがおかしなほどに答えは出ていた。

気の迷いだったとしか、思えなくなっていた。

朝の空気。健康的な食卓。妹の果奈の作ってくれた味噌汁を啜りながら、テーブルを挟んだ相手を見る。昨夜のキスの相手は、どこからどう見ても自分と同じ男だ。恋愛対象にするのはおかしい。

果奈が出勤した後、余村は言った。

「昨日は…変なことをしてすまなかった。どうも僕は酒癖が悪いところがあって…」

謝ることでなかったことにしようとする自分がいた。

「君も…そうなんだろう？」

『違う』

即答する『声』を聞いてしまった。

けれど、次の瞬間には長谷部は言った。

「…そうです。驚かせてすみません」

それは知るかぎり、余村の前で長谷部のついた初めての嘘だった。

——今思い出しても気まずい。

「…ほら、あの人」

余村は囁く声に我に返る。

気づけば、斜め後ろの棚の前でしきりにこちらを窺っている女子高生は、二人から三人に増えていた。アレコレと考え込むうち、ただ意味もなく凝視するだけになっていたページには、筋肉隆々《きんにくりゅうりゅう》の半裸《はんら》の男の絡《から》みが映し出されている。

なにも感じない。その気があればなにか惹《ひ》かれるものがあるかと見てみたが、てらてらと光る筋肉には嫌悪感を覚えるくらいだ。

ホモ。女子高生たちはそう言って笑っていた。べつに心の声を聞いたわけじゃない。すぐ傍にもかかわらず、遠慮もなしに口々に言い合っている。

マイペースの余村もさすがに居たたまれなくなり、そそくさと本を棚に戻して店から退散した。

女子高生に笑われたくらいですんでよかったかもしれない。余村が本屋に立ち寄ったのは午後、店の休憩時間だった。考えてみれば、こんな店から五分と離れていない駅構内の本屋では、誰か知り合いに見られないとも限らない。しかも余村は制服のブルゾンを着たままだった。

裏路地に出ると、自然と急ぎ足になる。二月の寒さが身に沁《し》みた。空気は僅かな風でも苦痛を覚えるほど冷えている。

店に戻ると、正面口に長谷部の姿が見えた。

珍しい。携帯電話やOA機器などが占《し》める駅側の正面口には、頼まれた仕事でもないかぎり、売り場の違う男は出てこない。

「駅はその先ですよ」

長谷部が送り出しているのは老人だった。

豆球を買いにきたお年寄りだ。杖《つえ》に見覚えがある。客を覚えているのは、場所を尋ねられた店員が面倒臭そうに応えるのを脇で見ていたからだ。

手には極小の白ビニール袋。老人は杖を突きつつ満足そうに帰っていき、入り口には長谷部だけが残った。

「あ…おつかれさまです」

余村に目を留めると、ぺこりと軽く頭を下げる。

「おつかれさまです。わざわざ見送り？」

「駅に近い出口を訊かれたので」

「親切だね、君は」

「仕事ですから」

酷く素《そ》っ気《け》ない言い草だ。けれど、仕事であれなんであれ、誠心誠意《せいしんせいい》で対応してもらえれば客だって嬉しいに決まっている。その『仕事』でさえおざなりで相手を選び、若い女性客優先になる者もいる。

やはり、いい男だなと思う。

友達であれば、こんなに気持ちのいい男はいないのに。

「どこか行ってたんですか？」

「あぁ、ちょっとね」

「薄着でうろついてたらまた風邪引きますよ」

他愛ない会話をしながら店の中に戻る。平日の昼間ということもあり、客の姿は疎《まば》らだ。レジでは女子社員が暇そうにしており、カウンター越しに男性社員に話しかけられ、楽しそうに笑ったりしている。

自分の売り場にはすぐに辿り着いたけれど、余村はなんとなくついて歩いた。

あれから…長谷部の家に泊まってから十日ほどが過ぎたが、特に関係に変化はない。

なにも言わない男。真っ直ぐに伸びた背中は、頑なな性格を思わせる。何故言わないのか。余村は深層心理《しんそうしんり》まで聞けるわけではないから想像に過ぎないけれど、長谷部はもしかすると自分以上に、男同士であるのに戸惑いを持っているのかもしれないと思った。

同性を好きになったからと言って、それを自分自身が受け入れるか否かは別の話。『普通』という枠《わく》から外れるつもりは最初からないのかもしれない。

――そうだ、きっとそう。

自分が妙な病に侵《おか》されていなければ、なにも気づかずに友人にでもなんでもなれただろうに。

『声』さえ聞こえなければ――

知らない振りで親しくするのは、そんなに悪いことだろうか。

罪なのか。

皆、相手の事情など知る術《すべ》もなく過ごしている。知らずに昼も夜も、朝も夜中も、自分自身の心の声だけを聞いている。

「あ…余村さん?」

売り場をとっくに過ぎてもまだついてくる余村に、不思議そうに男が振り返る。

罪悪感を強引に押《お》し退《の》け、余村は言った。

「長谷部くん、またよかったら…一緒に飲もう。今度は外とかでもいいし」

やけに店員の威勢のいい飲み屋だった。

客が出入りする度、送り迎えの声が店内の隅々にまで響き渡る。

少々煩《うるさ》いが、悪くない。人の多いところは苦手だが、飲み屋は嫌いでもなかった。日頃の憂《う》さ晴《ば》らし、酒で開放的になった人の心はあまり裏表がなく、耳を塞ぎたくなるほどの嫌な『声』は飛び交っていない。

「お待たせしました〜、本日の刺身盛《さしみも》りと牡蠣《かき》の香草焼き。それから…」

半分ほど空けたビールジョッキと突き出しの小鉢のみだったテーブルに、ようやく頼んでいた料理が届き始める。

「やっときたね」

男に向ける顔も綻《ほころ》ぶ。

長谷部との外での食事は四度目だった。

一度目は余村から誘った。

二度目も。そして三度目も。やはり半端《はんぱ》な友人関係など長谷部は煩《わずら》わしいだけなのかもしれない。そう思え始め、誘う意欲も失い始めた四度目、長谷部から初めて声をかけてきた。二日前だ。

堅苦しいネクタイの結び目を緩めながらジョッキを傾ける余村の顔は、笑みが絶えない。

「なんかいいことでもあったんですか？」

「え？」

「いや、今日はなんだかご機嫌だなと思って」

「あ、あぁ、君のほうから誘ってくれたからなんか嬉しくてさ」

本当だった。

長谷部は奇妙な顔をする。

「俺と食事したって楽しくないでしょう？」

「え…どうして？」

「俺は…面白いこととか言えるほうじゃないですし。昔っからそういうのダメで、よく怒ってるとか誤解されたりもするんです」

実際、今まさに怒っていると勘違いしかねない声だ。ちょっと感心するほどに淡々とした口調。けれど、長谷部自身それを判ってはいるらしい。

「僕は楽しいよ。僕も…人付き合いが苦手で、こういうところには滅多《めった》に来ないんだ。だから新鮮だし、それに…君といるとなんだか落ち着く」

「そ…うですか。ならよかった」

応えた男は刺身に箸を伸ばし、口元が照れた風な笑みを僅かに形作る。不器用な男が笑ったのが嬉しくて、余村も自然とまた笑みになる。

長谷部の『声』は聞かないようにしていた。なるべくならともかく、完全に聞かないでいるのは難しい。常に気を張り詰め、会話に集中できるよう口元ばかり見ていた。

「…俺の顔、なんかついてますか？」

「え？」

「余村さん、最近やたらとじっと顔を見るから」

不自然だったらしい。

「あ…ほら、人と話すときは顔を見て話せって言うだろう。その、母は看護婦だったから…」

支離滅裂《しりめつれつ》な言い訳をしつつ、醤油差《しょうゆさ》しに手を伸ばした。偶然伸びた長谷部の指先に触れそうになり、ひっとなる。『声』を避けるべく平常心を保《たも》とうとするあまり、余村は神経質になっていた。

「…余村さん、どうかしましたか？」

「い…や、なんでもないんだ」

その場は乗り切ったが、一時間と経たないうちにまた失態《しったい》を犯した。人は神でも仙人《せんにん》でもない。修行僧でもできないのだから、一般人の余村に一日二十四時間平静を保った生活などできないに決まっていた。

醬油差しの失態も忘れ、洗面所に行ったときだ。席に戻ろうとして、僅かな段差に足を引っかけた。

「余村さん！」

咄嗟《とっさ》に伸ばされた手に難《なん》を逃《のが》れる。いい年して躓《つまず》くなど、平常心以前の問題だ。

「大丈夫ですか？」

椅子から身を乗り出し、伸ばされた腕。しがみついた余村の意識が乱れないはずがない。耳にした『声』に狼狽《ろうばい》した。

『意外とそそっかしい人なのかな。近頃なんか変だ…』

ばっと腕を振り払う。

投げ出された腕に、呆然とした顔で男が見ていた。助けてもらっておきながら、まるで迷惑とでもいうような仕草《しぐさ》をしてしまった。

「あ、すまない…ごめん、助かったよ。ありがとう」

「…いえ、無事でよかったです」

席に戻ったものの、気まずさは拭《ぬぐ》えなかった。酒でも飲んで誤魔化《ごまか》そうにもグラスは空だ。

新たに頼むかを迷っていると、背後から声が上がった。

「あれ？　もしかして、余村？」

急に声をかけられ、びくりとなる。

振り返ると、通路によく知る顔の男が立っていた。突然の出来事に反応できずにいる余村に対し、男は親しげに話しかけてくる。

「なんだ、やっぱりそうじゃん。久しぶり！」

「小寺《こでら》…」

スーツにステンカラーのコート。いかにも仕事帰りの会社員といった服装の男は、店を出るところだったらしく、後ろからは同じくスーツ姿の若い男が二人ばかりついてきている。

「あぁ悪い、先に行っといて。ちょっと知り合い見つけちゃってさ」

軽い調子で促《うなが》す男は、余村の隣の空いた席に当然のように腰を下ろした。

三年前、退職した会社で同期だった小寺健二《けんじ》だ。

友人のはずだった男…辞める理由となってしまった男だ。

『コイツさえいなくなってくれれば…』

あのときの小寺の声が頭に甦《よみがえ》りそうになり、余村は軽く頭を振る。まさかこんなところで今更会うとは考えもしない。

「まさかこんなところで会うとはなぁ」

男は余村の考えをなぞるように口にした。四人がけのテーブル席の反対側、そこにいる明らかに連れの長谷部の存在を気にかけもせず、興奮した様子で肩を叩いてくる。

変わっていない。一つのことに集中すると周りが見えなくなるところも相変わらずだ。

「あぁ小寺、久しぶりだな。仕事の帰りか？　いいのかさっきの人たちは…」

「あいつら？　いいのいいの。おまえが辞めてから入った新人だよ。俺のプロジェクト手伝ってんだ」

「おまえの？　へぇ…頑張《がんば》ってるんだな」

あの頃自分が請け負うはずだった仕事を、小寺は引き継いだのだろうか。年齢的にも今頃はやりがいのある仕事の中心にどんどん立っているに違いない。

余村のワイシャツ姿を、男はまじまじと見る。

「おまえも仕事の帰りだよな？　今どこで働いてるんだ？　ソフト関係なんだろう？　おまえのことだからどうせ大手に決まって…」

「仕事っていうか、契約社員だ。半年前から電器屋に勤《つと》めてる」

店の量販店の名前を告げると、男は大仰《おおぎょう》な反応を寄越した。

「電器屋ぁ!?　なんだそれ。おいおい、おまえがパソコン売ったりしてんのか？」

「小寺…」

まるで職業を見下したかのような口ぶり。自分はともかく、長谷部の前で失礼だろう。

長谷部は視線を遠くに向けビールを飲んでいた。顔を背け、まるでこちらの話など聞いていないかのような素振り。しかし、一メートルと離れていないテーブル越しの会話が聞こえていないわけがない。

「おまえにそんな仕事はもったいないだろ。なにがあったんだよ？　理由も教えないで急に辞めちまうし、結構心配してたんだぞ？」

小寺に悪気はないのかもしれなかった。

会社を辞めた原因になったといっても、恨む気持ちはない。なにかと比較されてしまう同期入社。仕事に意欲があればあるほど、妨げになる者を内心疎《うと》ましく感じてしまうのは仕方のないことだろう。

ただ、友人だと思い込んでいたから辛くなった。予想だにしなかったから、胸にずしりと堪《こた》えた。

隣を見れば、懐かしい男は垂《た》れ目《め》の眦を一層下げて微笑んでいる。まだ若かった入社したばかりの頃、残業で遅くなっても毎晩のように一緒に飲んで帰っていたのを思い出した。

「余村、おまえが居なくなって寂しかったよ」

言葉に乗せられ、余村は閉ざした薄い唇を緩める。

ぐっと肩先を摑まれた。親しげに回された腕に気が緩んだ瞬間、男の『声』を聞いてしまった。

『ホント、おまえが辞めてくれてよかったよ』

胸に突き立てられた言葉。余村の柔らかくなりかけていた心に、ずぶりと深く刺さり込む。

表情は一瞬にして消えた。

凝然《ぎょうぜん》と見つめ返すだけの自分に、男は首を捻った後、人のよさそうな笑顔のまま続けた。

「な、余村、戻りたくなったらいつでも連絡くれよ。俺が人事に掛け合ってやるからさ」

『まさか本気にしたりしないよな。ま、されても適当にあしらうけど。電器屋の契約社員だってよ、笑っちまう』

肩にべったりと回されたままの腕が重い。近づいた顔に、男の酒臭い息が鼻を掠《かす》める。

「また前みたいに一緒に飲みに行こうぜ。楽しかったろ？　毎晩、仕事帰りに盛り上がってさぁ」

余村はずっと息を殺していた。

店を出るまでの長谷部との会話を、ほとんど覚えていない。小寺は後輩たちを追って帰っていき、残った余村も二十分ほどで店を出た。

時刻は十時前だった。少し後ろを歩く男の存在も忘れ、余村は黙々と駅に向かっていた。高架沿いに続く路地は、まだ終電には早すぎる時刻にもかかわらず人気は少ない。

胸には小寺の残した言葉が突き刺さったままだ。じくじくと膿《う》んだような痛み。嫌な感触を伴《ともな》うものが上手く吐き出せず体に堆積《たいせき》していく。

三年前、退社を決めたときと同じ感覚。近頃ではすっかり耐性《たいせい》もつき、感じなくなったとばかり思っていた痛みだ。

「余村さんはどうして前の仕事を辞めたんですか？」

背後から男が話しかけてくる。鬱々《うつうつ》となるあまり気づけずにいると、強い声で男は繰り返した。

「どうして前の仕事、辞めちゃったんです？」

「あ。あぁ…ごめん、ぼんやりしてて。仕事は…ちょっと体調を崩してしまったんだ。忙しかったからね」

嘘は言っていない。意外な理由だったらしく、長谷部は驚いた顔で息を飲む。

「そうだったんですか。もう今は大丈夫なんですか？　大変でしたね。なんか余村さん…いい会社に勤《つと》めてたみたいなのに」

「仕事は好きだったけど、べつにいい会社でもなんでもないよ」

「そんな風には感じなかったけど…あの人、仲よかったんでしょう？　なんか友達みたいだった」

　久しぶりの再会を喜び、肩を組み、戻って来いよと声をかける。長谷部の目には、小寺は純粋に自分に会えて嬉しがっている気のいい男に映っただろう。

　傍《はた》から見ればこんなもの。自分自身、いい関係なのだと思っていた。今でさえ、まだ信じようとした。

　唐突に虚《むな》しくなった。もう三月になろうというのに厳しさの和《やわ》らがない夜風と同じくらい、心は冷え切っていた。

　足を止め振り返る。ふっと自分でも驚くほど冷めた笑みが零《こぼ》れる。

「友達じゃない」

「え？」

「あいつは友達なんかじゃない」

　向き合った男が息を飲む。

「同僚だったんでしょうけど、でもすごく仲よさそうで…」

「仲がいい？　どうしてそんなことが判る？　ちょっと見たぐらいでなにが判るっていうんだ。人なんて、長く付き合ったってちっとも判りゃしないよ。他人の気持ちがどうなってるかなんて、読んででもみないと判らない」

　嫌味な言葉。冷ややかに告げたにもかかわらず、胸は全力疾走《しっそう》したあとのように上下していた。鬱屈《うっくつ》した思いを筋違いに長谷部にぶつけていることに、余村はすぐに気がついた。

当惑した顔が自分を見ている。

「あ…いや、ごめん」

「いえ」

「ちょっと悪酔いしたみたいだ。少し休んで酔いを醒ますよ。君は先に帰ってくれ」

「だったら付き合いますよ」

「いいんだ、一人で。どうせ駅から先は逆方向だろう？　その、変なことを言ってすまなかった」

余村は一人道から離れた。駅まで行けば、いくらでも酔いを醒ますのにちょうどいい喫茶店やらがあるのは判っていたが、選んだのは公園だった。元々さほど酔いが残っているわけでもない。

腰を下ろした公園のベンチは、コート越しでも感じるほど冷たかった。

余村の働く店からも比較的近い、木々の植え込みとベンチだけの小さな公園。昼間はサラリーマンの憩《いこ》いの場で人の姿が絶えないが、今は無人だった。六つほどあるベンチを街灯が寂しく照らし出している。

人の歩みに地面が鳴り、同じベンチに男が腰を下ろした。余村は驚かなかった。背を向けても、長谷部が自分についてきているのは感じていた。

ベンチの端と端、無言で座り続ける。

先に口を開いたのは長谷部だ。やや前屈《まえかが》みに座った男は、足元の地面を見据えたまま問いかけてきた。

「あの人となにかあったんですか？」

余村は応えなかった。

上手く返事ができない。

静かな声で長谷部は言った。

「人の気持ちが読めたら本当にいいですね」

隣を見る。長谷部は怒っても笑っても、ましてやふざけている様子もなかった。いつもの硬い顔で、淡々と…浮ついたところもなく言う。

「間違えずに判ることができたらいいのに」

「長谷部くん…？」

「読みたい人がいるんです。その人の気持ちが判ったら、俺はどんなにかいいだろうと思います」

こちらを見ようとはしない男。唇の動きに合わせて漏れる息が、空気を白く染める。

余村には判った。心の声を聞かずにいても、長谷部が自分について言っているのだと気がついてしまった。

「さっきの…俺から見ると、やっぱり親しそうでしたよ。あの人と余村さん。だって余村さん、たいして親しくもない人と肩組んだりするタイプじゃないでしょう？」

「肩？」

肩は組んだのではなく、一方的に腕を回されただけだ。自分はただ『声』に体が竦んでしまい、されるがままになってしまっただけ。

誤解よりも、長谷部が瑣末《さまつ》なところを意識しているのに驚く。

「俺に言ったのは嘘かって思いました。人付き合いは苦手とか、居酒屋は滅多に行かないとか…さっきの人とはいつも行ってたような口ぶりだったから」

「それは、べつに嘘じゃないよ。昔は好きなほうだったけど、仕事を辞めた頃から苦手になって…」

「俺、鈍いんでしょうか」

「え？」

「時々、余村さんがなにを考えてるのか判らなくなる」

横顔が初めてこちらを向く。意を決したように長谷部はそれを口にした。

「俺のこと、もしかして避けたがってますか？　だったらそう言ってください。やっぱ俺…あなたが転びそうになったら、咄嗟に手出ししてしまうと思うし。触られるのも嫌な相手と無理に付き合う必要はないと思います」

「あ…あれはびっくりしただけで…」

「びっくりして、あんなに過剰《かじょう》に反応するかな。俺の家で酔っ払ったとき、キス…とか変なことしたせいで意識されてんのかなって思ったけど、余村さん、あの後も普通に飲みに誘ってくれて…でも、なんかやっぱり時々変で、考えれば考えるほどわけが判らなくなるんです。俺、ほかになにか変なことしましたか？」

「か、考えすぎだよ。あれは自分の酒癖も悪かったせいだし、べつに君を避けては…」

長谷部が突然動いた。

すっと手を伸ばしてくる。触れるか触れないかで余村は咄嗟に身を引いてしまった。ベンチの端から滑り落ちそうに体を仰け反らせる。

「お…驚かせないでくれ」

長谷部は小さく苦笑った。

「教えてください。余村さんはなにを考えてるんですか？」

「なにも特別なことは考えてないよ。君を避けてもいない」

返事はない。余村はベンチから立ち上がった。

「…帰ろう。もう酔いも醒めてきたし、こんなところにいつまでもいたら君だって風邪をひいてしまう」

元来た道へと、そのまま後ろも見ずに向かおうとして動けなくなる。黒いジップアップのブルソンに包まれた腕が、背後から余村を抱きしめていた。

「ちょっ…と…」

身じろげば一層腕の力は強くなる。

「は、長谷部くん？」

「すみません」

謝りながらも解放する気配はない。もがけばもがくほど、腕は振《ふ》り解《ほど》かれまいと余村に絡みつき、身動きさえままならなくなる。

『声』がした。突然の出来事に平常心を失った余村の頭に、今はもう聞きなれてしまった男の『声』が響く。

『好きです』

「すみません」

『好きです』

「余村さん、すみません」

詫びる言葉と、恋慕《れんぼ》の『声』が交錯する。ぐるぐると入れ替わっては、万華鏡《まんげきょう》のように形を織《お》り成《な》す切ない感情。

余村は立ち竦んだ。

「好きです」

抗う気持ちはなくなり、ただ男に抱かれるままになっていた。

「あなたが好きです、余村さん」

蟀谷《こめかみ》の辺りに広がった白い息。温かい息が肌を掠める。長谷部が言葉で想いを伝えたことを、余村はしばらくの間判らずにいた。

「俺の声、聞こえていますか?」

いつの間にか腕は緩んでいた。はっとして振り返ると、長谷部は困惑気に自分を見ていて、なにかに思い当たったみたいに目を伏せ微かに笑った。

「驚かないんですね。もしかして、気づいてたんですか? 本当に余村さんはなんでもお見通しなんだな」

寂しげな笑い。腰の辺りに残っていた手が、するりと引っ込められる。

「もう一緒に食事はできませんね」

「え…」

「俺、判りました。俺は好きな人とは友達付き合いはできないみたいです。ちょっとのことで苛々してしまって、たぶん嫉妬ですね。男同士で笑えるでしょ」

余村は混乱していた。

そんな一度にたくさん言われても困る。あるはずがないと決めつけていた告白に、どうして今言葉にしてしまったんだと、身勝手な考えが一瞬頭を過《よ》ぎる。

なにを返してよいのか判らない。

「すみません、言わないでいようと思ったんですけど…余村さんを困らせるだけなのは判ってたし。気にしないでください。明日からはまた普通にしますから」

振られるのが堪《た》えられないのとも、『普通』という世間の枠から外れたくないのとも違う。

長谷部が伝えなかった理由は、ただ自分のため——

「あ、あの…長谷部くん」

手を伸ばした。

立ち竦む余村を残し、先に公園を出てしまおうとする背中に触《ふ》れる。

「引き止めたら、俺、勘違いしますよ？」

長谷部はきっぱりとした口調で言った。

「余村さん、さっき…人の気持ちがどうなってるかなんて、読んでみないと判らないって言ったでしょ？　俺、鈍いから…勘違いします。あなたも俺のこと、好きなのかもって」

揺るぎのない声に怯む。

余村は手を下ろしかけ——けれど、その背中が遠退こうとした瞬間、自然と体は動いた。

冷たくなった男の服の背を摑んでしまっていた。

「どうしたんだ？」

家に上がり振り返ると、長谷部が躊躇《ためら》った様子で三和土《たたき》に立っていた。

「いいんですか、上がっても？」

おかしなことを言う。寄って行かないかと誘ったのは余村のほうだ。

このまま「それじゃあ」と駅で右と左に分かれる雰囲気でもなかった。かといって、寒い公園や喫茶店で男同士で色恋の話を続けるのもどうかと思い、家に呼んだ。余村の賃貸《ちんたい》マンションは、長谷部の家とは反対方角だがほんの数駅で、駅からも徒歩で数分の距離だった。

「当たり前だろう、上がってくれ。あぁ、人が来るとは思ってなかったから、あまり綺麗じゃないかもしれないけど」

長谷部がスニーカーを脱ぎ始めたのを確認して背を向ける。利便性《りべんせい》がいい分、あまり広くはないマンション。居間には玄関からすぐに辿り着く。薄い壁とドアに隔《へだ》たれているだけの奥の部屋は寝室だ。

家に人を連れてくるなど三年ぶりだ。最後に訪《おとず》れたのは別れた彼女。付き合っていた間に彼女が残していった私物は、しばらくの間いくつか残っていたが、それも送って返したので今はなにもない。

色のないモノトーンの品に囲まれた部屋。改めて見ると、いかにも寂しい独身男の部屋だ。

「片づいてる。余村さんは綺麗好きだろうと思ってました」

ぐるりと部屋を見渡した長谷部が言い、余村はなんとなく気恥ずかしい思いでその場を離れた。脱いだ上着を壁のコートラックに引っかけ、そそくさと小さなキッチンに向かう。

「適当に座っててくれ。コーヒーでも淹《い》れるよ。あ、君も上着はそこに掛けるといい」

落ち着かない。

部屋への長谷部の興味や、招かれたことに対する戸惑いが伝わってくる。『声』を聞かないよう努《つと》めてみても、妙に気が高ぶり散漫《さんまん》な集中力。心臓はどきどきとみっともないほどに高鳴っていて、情けないことに思い出されるのは中学時代の初めてのデートやらだ。

長谷部は無口だった。そして、饒舌《じょうぜつ》でもあった。カウンターキッチンの向こうからでも、長谷部の『声』は聞こえてくる。

なんで俺を引き止めたの？　家に誘ってくれたの？　この人は俺をどう思ってるんだ。

ほぼその三つの問いかけが、長谷部の頭の中ではぐるぐると順番を変え、言い回しを変えて回っている具合だった。

答えは余村にも判らない。

どうして――

長谷部が去ってしまうのが嫌だった。

明日からは普通に…そう宣言したからには、本当に何事もなかったかのように他人の顔をしてみせるだろう。長谷部はそういう潔い男だ。

そうなるのが嫌だった。

だから、引き止めた。

「ごめん、ちょっと濃くなってしまったみたいだ。大丈夫かな」

いつものコーヒーメーカーで淹れる、いつもと勝手の違う量のコーヒーは、インスタントに近い色になってしまっていた。

長谷部はソファに座っている。カップを差し出すと、少し間を置き手を伸ばしてきた。手渡そうとして驚く。

「え」

カップの柄《え》ではなく、余村の手を男は握り締めてきたからだ。

「あ…」

無意識だったのだろう。なんの前触れもなく、『声』もなかった。驚いて引きかけた手を余村は留まらせる。また避けてると誤解されては困る。

「い…淹れなおそうか。これじゃきっと苦いと思うし…」

「構いません」

それは飲むつもりがないからか、味には拘《こだわ》らないからなのか。

余村の手からカップを抜き取り、長谷部は一瞬迷う表情を見せる。それから、なみなみとコーヒーを注《つ》いだカップは小さなテーブルへ追いやられた。

ぐいと引っ張られる。まるで、コーヒーより余村がいいとでもいうように。

余村は体温が上昇するのを感じた。

頬が熱い。引っ張られるまま、転がり込むように長谷部の隣に座る。ソファと言っても二人がけの狭いラブチェアは、男が二人で並ぶには明らかに不自然だ。

こういうつもりで家に呼んだわけじゃない。

「は、話をしよう」

気が動転するどころか、声まで妙に弾《はず》んだ自分を、長谷部は笑うでもなく真面目に見つめ返してきた。

「話…余村さんは、ゲイなんですか？」

ストレートに問う。

「違うと思う。君はそうなのか？」

「判りません。あなたしか好きになったことがないから…一人でもそうだっていうなら、俺はゲイなんだと思います」

この男らしい答えだった。

「ごめんなさい」

「え？」

「こないだのキス、俺はあのときもう素面《しらふ》でした。酔っ払ってってのは嘘だったんです」

「長谷部くん…」

「最初は毛布をかけるだけのつもりでした。寝顔見てたら、なんか変な気分になってしまって…そしたら余村さんに手、叩き落とされて…あぁ疚しいこと考えてたから罰《ばち》が当たったかなって思ってたら、今度は抱きしめられて…なんかもう俺、訳判んなくなって、気づいたらキスしてました」

黙っていれば判らない話だ。言わずにおれないのは、ずっと頭から離れずにいたからだろう。

「朝、余村さんが酒癖の話をしたから、じゃあ合わせたほうがいいかなって…いや、違うな。少しほっとしていたかもしれない。すみません、嘘をついたんです」

繋がれたままの手が、きゅっと握り締められる。縋るようなその動きに、余村の胸はずきりと痛んだ。

長谷部は嘘をついたんじゃない。なかったことにしようとした自分に、そう仕向けられただけだ。

顔が重くなり次第に俯《うつむ》きだす余村に、居心地悪そうに男は言った。

「やっぱり驚かないんですね。どうして余村さんにはなんでも判ってしまうんだろう。お母さんが看護婦だからかな」

「看護婦?」

「最初そう言ったでしょ。だから察しがいいんだって…」

ふっと長谷部は苦笑する。

「俺の母はただの専業主婦。でも料理は上手でした」

男の影が視界を覆う。ふらりと引き寄せられるように長谷部の顔が近づいてきて、薄い唇はあと僅かで触れ合うところで止まった。

「キスしたい。触りたい。俺、余村さんにはもう嘘はつかない」

裏表のない男。人を喜ばせるような会話は豊富でない代わりに、世辞《せじ》、偽りもない。本音を探ろうとすればするほどそれを知ってしまい、惹かれていく。

「…嫌ですか？」

切ない息が唇を掠め、余村は身を乗り出した。極僅《ごく》かな動きで唇が触れ合う。余村が微笑むと、一気に強く押しつけられた。

キスは特別な感じがした。男同士のためか、体のほんの一部を触れ合わせているだけなのに緊張感を伴う。そのくせ長谷部とのキスは心地がよかった。

やがて湿ったものが唇を撫でる。長谷部の舌先は、乱暴に抉《こ》じ開《あ》けるのを躊躇うかのように、余村の唇の上やその合わせ目で閃《ひらめ》く。

薄く唇を開いた。手招くみたいに舌先を覗かせれば、すぐに口づけは深くなる。

あの夜、合わないパズルのピースみたいにどこかぎこちなかった口づけは、ぴったりと重なり合い、唯一無二の隣り合わせのそれと結びついたみたいだ。

伸びてくる舌に深くまで探られ、余村は思わず男のシャツの胸元を摑んだ。

「ん…」

喉《のど》が鳴る。ソファの端についていたはずの長谷部の手が、いつの間にか腰の辺りに添えられていた。

ベルトを締めたスラックスの中から、もどかしげな仕草でワイシャツの裾《すそ》を引き抜こうとする。

「長谷部く…」

『触りたい。余村さんの体、触りたい』

欲望を伝える『声』に、余村は身を竦ませた。唇が離れると同時に、切羽詰った様子の眼差しが注がれ、視線に絡め取られていく。

男の手は遠慮がちにそろそろと服の中に忍び入ってきた。骨ばった指がワイシャツの下で肌を探って動き回る。久しぶりの色事《いろごと》。他人との触れ合い。女性を相手にするのとは違っていた。

一方的に触られるのは勝手が違い、余村は戸惑う。

「余村さん、だめ…ですか？」

長谷部は自分が嫌がることはしたくないらしい。

首を振る。視線を落とすと、不自然に膨《ふく》らんだ白いシャツの蠢《うごめ》きに、自分のされていることを意識した。

男に触られている。

見えなくてもリアルだ。

「あっ…」

不意の感覚。左の胸の引っかかりを指に挟まれ、小さく声を漏らす。

『小さいけど、これ乳首なんだ』

長谷部の『声』は、まるで耳元に吹き込まれているみたいだ。言葉で辱《はずかし》められているようで顔が火照《ほて》る。じわりと色を変える頬や耳朶《じだ》を余村は自分でも感じた。

それを、快感のせいだと長谷部が誤解したのも。『声』で感じ取った。

「長谷部くん、それは違…うよ」

「違うって、なにがです？」

言葉は噛み合わない。摘《つま》んだ小さなそれを、長谷部は熱心に愛撫する。余村が困って俯けば、男は宥《なだ》めるみたいに口づけてもくる。

なんの性感ももたらさないと思っていた場所が、じんとなる。いつのまにか愛撫は両方に及んでいて、甘い痺《しび》れが纏わりつく。

「…はぁ」

余村は息をついた。男の肩に頭を預け、吐息を漏らす。

「…んっ…あ…」

悪戯《いたずら》に捻られれば体が弾んだ。まるでお気に入りの動きをするおもちゃを見つけた子供みたいに、何度も何度も長谷部はそれを繰り返してきて、余村は堪《たま》らず頭を振った。

「…もう、嫌だ…」

「あ…すみません俺、夢中になって…」

長谷部は慌てて手を引っ込める。

「…痛かったですか?」

痛いわけでも、嫌がってるわけでもない。けれど、誤解した男は両手を名残惜《なごりお》しげに離し、あとには体に籠った熱だけが残る。

余村は泣きたい気分だった。

すりっと長谷部の肩に頭を擦《こす》りつける。

「余村さん、あの…」

余村は相手に求めるセックスの経験はない。セックスは基本的に女性に奉仕《ほうし》するものであって、なにかをしてもらうのは付属的な行為に過ぎなかった。いっそこの熱は自分でどうにかすればいいんだろうか。けれど、それはなにか違う気がする。

余村は頭だけでなく、上体ごと預けた。上に乗っかるほどに身を寄せた弾みに、長谷部の膝頭《ひざがしら》に熱の源《みなもと》が触れる。体の中心で昂《たか》ぶっているものを擦りつけてしまい、余村は意図しない声を漏らした。

「あぁっ…」

「余村さん…」

「いや、ちが…今のは。これは…」

長谷部にどうにかしてほしいのか、してほしくないのかも判らない。

ふわっと体の浮くような感覚を味わった。

大の男が浮くはずもない。浮いたと感じたのは、急激に後ろに倒れ込んだからだ。覆い被さってきた男は、まるでそれが想いを伝える方法であるかのように、口づけの雨を降らせてくる。

「…ん…」

苦しげに身を捩ると、首元を絞《し》めつけていたタイがするすると解かれた。

シャツのボタンが外され、窮屈《きゅうくつ》になったスラックスとともにずり下ろされた下着から性器が露《あらわ》になる。

包む手のひらに、僅かに上下に跳ね上がった。生理現象ともいえる反応に羞恥《しゅうち》を覚えたのは初めてだ。顔を見られたくないと思うのも。

「明かり…」

「顔、見せてください」

顔を覆い隠そうとした腕を、片手で押し退けられる。

「長…谷部くん、電気を…」

明かりを消してほしいと懇願《こんがん》する女性の気持ちが今頃判った。けれど、余村は女性ではないから、しつこく懇願するのもまた恥ずかしい。

「…ひ…ぁっ…」

ソファの上の体が波打つ。ゆるりと手を動かされれば、敏感な場所は従順《じゅうじゅん》な反応を見せ、一層昂ぶる。

女は好きになったことがない。男も好きになったのは自分一人。そう言い切る長谷部の愛撫が、特別巧《たく》みなはずがない。同性で快楽の在《あ》り処《か》を知っているのを差し引けば、おそらく平均的かそれ以下のはずだ。

なのに、どうしてこんなに感じてしまうのだろう。

ひたむきな愛撫。上下に揺さぶられるたび快感は膨らむ。尖端《せんたん》から溢れ出る滑《ぬめ》りに骨ばった指で擦れ、堪らない。

「余村さん…いい?」

「…んっ、んっ…」

余村は短い呼吸を繰り返した。時折、長く震える息で熱を吐き出す。吐いても吐いても、熱は逃がすより速いスピードで体に蓄積され、そこらじゅうが火照っている感じがした。

「は…ぁっ…」

頭まで溶けそうだ。下肢《かし》でくちゅくちゅと濡れた音がする。身を捩るたび、背中の下ではワイシャツが捲《めく》れ上《あ》がり、長い間日に当たったこともない白い体が剝《む》き出《だ》しになる。

頭上で緩く押さえ込まれた手になにか触れると思ったら、抜き取られたネクタイだ。

じっと見下ろしてくる視線が熱い。

『余村さんでも…こんな顔すんだ』

蕩《とろ》けた頭では『声』を防《ふせ》ぐ術はない。濡れた目で恨みがましく見上げた。

「そりゃ…あ…気持ち、よくなれば」

「え？」

奇妙に繋がる言葉に長谷部は一瞬首を捻ったが、そんな瑣末な疑問よりも言葉の内容のほうがずっと意味を持ったらしい。

「気持ちいいんですか？」

ずるっと包む手のひらが動く。

「んんっ…」

「ここ？」

指先が鋭敏な場所を撫でる。

「あっ…」

「ここですか？」

「…ちがっ…う」

否定したのはせめてもの年上のプライド。つまらないプライドだった。すぐに鵜呑《うの》みにする『声』が聞こえてきて、指先はべつの場所を彷徨《さまよ》い始める。

煽《あお》られた熱だけが残る。

素直な男。長谷部にしてもらうには、求めなくてはならない。その言葉を考えただけで体の芯《しん》が熱くなる。

「……て、くれ」

微かな声。聞こえるか聞こえないかの小さな声に、男が耳を寄せてくる。死にそうな羞恥を覚えつつ、余村は長谷部の耳に望みを吹き込んだ。

長谷部がそれに逆らうはずもない。そこがいいのだと教えてしまえば、執拗《しつよう》なほど繰り返す。

余村が満足するまで。

「…あ…うっ」

唇が露になっていた胸元に落ちてきた。一度覚えてしまった甘い痺れのようなものはすぐにやってくる。

「ん、んっ」

びくびくと小刻みに揺れる体。快楽に膨張《ぼうちょう》する熱。

『…イキたいんだ、余村さん』

長谷部の愛撫と、『声』に揉みくちゃにされる。

『余村さん、可愛いな』

逃れられない腕の中で、自分に向けられているとは思えない『声』を聞く。

『可愛い』

「…も、言わな…でくれ」

「なにを…？」

「あっ…あ、あぁっ…」

腹が波打った。欲望が弾ける。煽られるまま、余村は男の手のひらに解き放っていた。

ぴんと硬く突っ張った体が弛緩《しかん》し、荒い呼吸に胸が上下する。細胞の一つ一つが余韻《よいん》にたっぷりと満たされ、蕩けた眼差しで見上げると、長谷部が自分を熱っぽく見下ろしていた。

「好きです」

そう言った。何度も。

「余村さん、好き…」

何度目かの告白の後に、男が押し殺した言葉が聞こえた。

『余村さんは？』

その『声』に余村はどう応えていいのか判らなかった。長谷部を嫌いではない。好きかもしれない。けれど、それは『声』を聞いているからこそ芽生えた感情だ。

余村は男を引き寄せた。せめてもの答えのように唇を重ね合わせ、自分の右腿《みぎもも》に触れている長谷部の屹立《きつりつ》に気がついた。

男の熱に手を伸ばすことに、躊躇いはなかった。

◇◇◇

「いいねいいね、一気に春って感じだね」

店の入り口、自動ドアの上に仕上げとばかりに下げられた垂《た》れ幕《まく》を腕組みで見上げ、店長の増岡《ますおか》は満足そうに口にした。

昨日本社から送られてきた店内の模様替えグッズ。ビニールでできた花飾りやらポスターやらは、閉店後の夜間にほとんどが交換され、あとは店頭を残すのみとなっていた。

朝礼後の開店直前の時刻に指名されたのは長谷部《はせべ》だ。たぶん背が高いからというだけの理由だろう。脚立《きゃたつ》に乗るのだから誰でもよかったろうにと、見物人と化した余村《よむら》は思ったりもする。

「おし、ごくろうさん」

増岡は頷き、店の奥へと引っ込んでいった。

ピンク地の幕にピンクの花飾り。どこぞの商店街の安っぽい飾りのようだが、店長はご満悦《まんえつ》だ。確かに春めいては見える。それにあんまり小洒落《こじゃれ》すぎて、とっつきにくい店内になってもまずいだろう。

「なんか、安っぽくないですか？」

脚立を下りる長谷部も同じように感じていたらしい。

「しょうがないよ、本社が送ってきたんだし。片づけ手伝うよ」

脚立の足元には用なしになった昨日までの店頭ポスターやらが無造作《むぞうさ》に散らばっている。余村は一纏《ひとまと》めにし始めた。

長谷部との関係は、不思議なほど変化はない。

一週間ほど前、この男とセックスをした。触り合って快楽を得ただけだけれど、互いに初心者だったのだから、セックスと言い切ってもおかしくないほどに大きな出来事だった。けれど、もっと天地がひっくりかえるような事態で、翌日から顔が見れなくなったりするのかと思えば、そんなことはなかった。

顔を合わせ辛《づら》くなるどころか、むしろこうして言葉を交わすのは嬉しい。

開かれたまま停止した自動ドア。柔らかな日差しが、その真下に立つ脚立を銀色に光らせ、傍《そば》に立つ男を照らす。

長谷部はわりと首が長い。肩幅に対し頭は小さく、より身長を高く見せている。休日の服装を見るかぎり、お洒落にはあまり興味がないようだが、改めていい男だよなと感想を抱《いだ》いたりする。

「どうかしましたか？」

不審そうな眼差しに焦《あせ》った。

「あ、いや…今日も忙しくなりそうだなと思って」

忙しいなんて言葉が不釣合《ふつりあ》いなほど通りは静かだ。

日曜の朝、人影は疎《まば》らだった。しかし今日は新聞広告も入っているというから、きっと混雑してくるだろう。週末は大抵《たいてい》引っ切りなしの接客で、夕方には喉《のど》が嗄《か》れるほどだ。

長谷部が思い出したように言った。

「あぁ、そうだ。今日、妹がパソコンを見にくるって言ってました」

「果奈《かな》ちゃんが？」

「手頃なのが欲しいみたいで…余村さん、もし手が空《す》いてたら相手してやってもらえますか？」

「もちろんだよ。手が空いてなくてもさせてもらうよ」

長谷部が笑う。このところ長谷部はよく感情を顔に出すようになった。

それとも、自分の見る目が大きく変わったから、そう感じるようになっただけなのか。

ひょいと肩に脚立を担《かつ》ぎ、店の奥へ向かおうとする男は振り返った。

「余村さん」

「ん？」

「今週、よかったらまた食事に行きませんか？　妹がよさそうな店を教えてくれたんです。水曜か木曜辺り、どうですか？」

長谷部からの誘い。考えるより先に余村は頷いていた。

「いいね、楽しみだな」

店は正直どこでもよかった。長谷部からまた誘ってきたのが嬉しい。やはり、こないだの夜、長谷部を引き止めた自分の選択は間違っていなかったと思う。

売り場で別れた男とは、その後一日顔を合わせずじまいだった。

さして珍しくはない。名前さえ知らずにいたくらいだ。ほんの二ヵ月と少し前まで、顔さえうろ覚えだったのを思うと、今の関係が信じ難《がた》いほどだった。

妹の果奈は、もう今日は来ないのかと思い始めた夕方にやってきた。

午後七時過ぎ。客の多い時間は遠慮したのかもしれない。

「こんばんは、余村さん」

外出着の彼女は、年相応に可愛《かわい》らしい服を着ていた。少し意外だった。派手ではないが、今時の若い子が好みそうな流行を取り入れた上着やスカートだ。

そしてもっと驚いたことには、男連れだった。件《くだん》の結婚予定の男に違いない。

「こんばんは、どうも」

男は目が合うとすぐに反応した。年は長谷部と同じくらいに見える。最初から笑ったような目元や口元をしており、兄とは正反対に人好きのする男だった。

名前は河山《かわやま》といった。一通り挨拶《あいさつ》を済ませると、ふらりと店の奥に消えていく。なにか欲しいものがあるのかもしれない。あまり気に留めず、果奈にパソコンの説明を始めた。

パソコンはすぐに決まった。テレビチューナーを必要ないというので、現行モデルでは限られた種類しかなく、すんなりとそのうちの一台に決まった。価格も低かったため、そのままクレジットの翌月払いで購入《こうにゅう》になる。

「そうだ、お兄さん呼ぼうか？　今なら暇《ひま》だと思うし、内線で呼べばすぐに来てくれると思うけど」

レジカウンター脇《わき》の机で配送伝票を記入してもらいながら、余村は思い当たった。

「いいですよ。毎日顔合わせてんですから」

果奈はくすくすと笑い、伝票の指定欄《らん》を埋《う》める。

「余村さん、ありがとうございます」

「え？　あぁ仕事なんだから、べつに礼を言われることじゃ…」

「パソコン選びじゃなくて、兄です。余村さんと親しくなってから、なんだかすごく楽しそうなんですよ。こないだなんか、鼻歌歌ってたんです」

「鼻歌？」

「そう、朝ネクタイ結びながら！　鼻歌なんて初めて聞いたからびっくりしました。ほら、余村さんと飲んで随分遅くなった日の翌日ですよ」

まさかそこであの夜に話が及ぶとは思わない。顔を上げた果奈ににっこりと微笑《ほほえ》まれ、余村は身の置き所ない気分になる。

冷や汗を覚えていると、突然男が声をかけてきた。

「果奈、終わったのか？」

ぬっと脇から顔を出した河山に、余村の気が乱れる。

『遅《おせ》ぇな、さっさとしろよ』

『声』が聞こえた。

苛立《いらだ》った『声』に、余村は驚いた。一見温和《おんわ》そうな男にはそぐわない、荒っぽい感情。

珍しくはない。外見の印象と内面が一致しない者など極《ごく》当たり前で、完全に一致する者を探すほうが難しい。余村にとってはどうという相手でもなかった。

長谷部の妹の恋人でさえなければ。

自己中心的な男だ。『声』のトーンで判《わか》る。

「果奈、パソコンなんて買って大丈夫なのか？」

「大丈夫。安いのにしたし、これでも結構貯めてるんだから」

「そうか？　ならいいけど…」

『来週、ちゃんと金用意できるんだろうな？』

男の頭の中で続いた言葉に、余村はどきりとなった。笑みを貼りつかせた男の顔を見る。

金、と確かに聞こえた。

——来週なにかあるのだろうか。結婚式場の下見か、すでに予約金の支払いの段階なのか。もしくはもっと別の、なにか買い物でもあるのか。

それにしても、彼女のお金を当てにするような発言は尋常《じんじょう》でない。

男の『声』はまだ続いていた。

『よかった。間に合わなかったら意味ねぇからな。やっとこれで…』

「さ、書き終わった。亮《りょう》くん、待たせてごめんね。余村さん、これでいいですか？」

果奈が話しかけ、意識をそちらに奪われた男はそれ以上なにも『声』にしなくなる。

「あ、あぁありがとう」

渡された伝票を確認しながらも、余村の視線は泳いで定まらなかった。


彼女の週末の予定を知ったのは偶然だった。

妹の薦《すす》めだという店に長谷部と食事に行った水曜日。長谷部の口から、彼女も週末食事に来る予定だと聞いた。

和洋折衷《わようせっちゅう》の店だった。このところの健康志向を反映したメニューは、いかにも女性が好みそうで、しかも美味《おい》しかった。男性客は二割ほどで、若干《じゃっかん》尻の据《す》わりが悪いが来てよかったと思っていた。

食事の途中、果奈のことを聞いた。あの男との付き合いが気がかりでならなかったが、長谷部のほうはどうやら悪い印象は持っていないらしく、「自分とは正反対の男を選んだ」なんて苦笑いしていた。

兄妹揃《そろ》って認めている男を、大した根拠もなしに貶《おとし》めるわけにもいかない。『声』にしても、ただあまり感じのいい男ではないと判ったただけだ。自己愛の強い男を選んだからといって、不幸になるとは限らない。

結局、長谷部から聞いたのは、土曜に彼女も店を利用するという予定だけ。

週末まで余村はどうしたものかと思い悩んだ。

そして迷うくらいなら行動しようと決めた。直前にもかかわらず、休暇を代わってもらう相手がいたのは幸《さいわ》いだった。

夕方の客が入り始める午後六時頃から、余村はその店の傍で過ごした。食事のためでなく、果奈に会うため——いや、顔を合わせるつもりはなく、男の真意を確かめるためだった。

商業施設ビルの六階にある飲食店フロア。人の往来に紛《まぎ》れて目を光らせていると、二人は七時過ぎに店に現れた。

楽しそうな様子でエレベーターから降りてきた。

少し間を置き店に続く。余村は二人と隣り合わせる席を選んだ。大半がボックス席だが、和の雰囲気を保ちつつ圧迫感を与えないよう、隣席とは竹皮の簾《すだれ》で仕切られている。顔を見られずにすませるにはちょうどいい。

案内を断り、勝手に席を選んだ余村を店員は胡散臭《うさんくさ》げに見ていた。顔を隠すようにしているものだから、余計に怪しいに違いない。

こんな探偵の真似事《まねごと》をして意味があるのだろうかと、ふと自分が情けなくなる。取り越し苦労。金のことは、判ってしまえば大した理由でない可能性が高い。

長谷部の大切にしている妹でなければ、ここまでしなかっただろう。兄として、親代わりとして苦労してきた長谷部を思うと、彼女には不幸になってほしくない。

注文を済ませ落ち着いたところで、簾越しの会話が聞こえた。

「ありがとう。本当に助かるよ」

紙包みのような音。テーブル越しに、彼女からなにか手渡されたようだった。分厚《ぶあつ》い封筒を想像すれば、当然思考は大金を連想させる。

「でも本当に大変ね。お母さん急に倒れて手術だなんて。亮くんは地元を離れてるし…お金のことだけじゃなくて、きっと心細い思いしてるでしょ？　難しい手術だなんて…」

「あぁ、だから来週末は地元に帰ろうと思ってる。見舞いに行くよ、費用も全額揃えて払えることになったし」

会話の始まりからよからぬ臭いがした。続いて聞こえた男の『声』は、さらなる疑問まで喚《かん》起《き》する。

『よかった。来週、ユキミが来るまでに全額揃って。金の返済できなかったら大変だからな』

ユキミ。誰なのかは判らない。ただ随分親しい間柄であるのはそのトーンから感じた。金はそのユキミという女のものなのか、もしくはどこかで借金を作っているのか。

余村は頭に浮かんだビジョンが読めるわけでも、記憶が読めるわけでもない。

もっと具体的に言葉で考えてくれればいいのに――

「亮くん、返すのは急がなくていいから」

「あぁ…ごめん。金のことで彼女を頼るなんて…恥ずかしいよ。なるべく早く返すから」

『バレないようにしねぇと。フェードアウトするか、いっそ一気にばっくれるか…』

「気にしないで。亮くんのお母さんは、私のお母さんになる人でしょう?」

「…そうだね。うん、症状が落ち着いたらすぐに紹介する。会ってやってくれよ」

『結婚なんかできねぇし、一生会うことはないだろうな。第一、お袋《ふくろ》は田舎でぴんぴんしてるし。あの小うるさいババァがそう簡単に倒れるもんか』

詐欺《さぎ》。確定的になった。

簾の向こうではテーブルに皿が運ばれてきたようで、二人の会話はしばらく料理や昼間デートで回った店の話になる。余村の元にも適当に注文した料理がきたが、隣の会話で頭がいっぱいで、突《つっ》いても味はよくわからなかった。

余村には、果奈の『声』も届いていた。

彼を信じている。貯金を崩したことに後悔はなく、一片《いっぺん》の疑いも抱いていない。入院しているはずの母親とやらを、彼女が本気で案じているのが重く圧《の》しかかった。

――すぐに長谷部に相談しなくては。

どうやって？　きっとなにか証明する方法があるはずだ。根拠は判ってもらえないかもしれないけど、妹のためだから説得すれば長谷部も行動するに決まって――

「果奈、今夜うちに泊まってきなよ」

男の低い声が隣で響いた。

「泊まるのは無理」

「なんだ、まだ兄貴がうるさいのか？」

「うるさくなんてないわよ。小言を言うような人じゃないから…でも私が嫌なの。あんまり心配させたくないの」

「ふーん、そっか…しょうがないな。でも家には来てくれるだろう？　久しぶりだから果奈とゆっくりしたい。遅くならないようにするから」

恋人である彼女を家に呼びたがる理由なんて、男には一つ。長谷部に連絡して、説得して、証拠を見つけて…そんな手順を踏んでいる場合だろうかと焦る。

二人はそれからしばらく食事を楽しみ、席を立った。

余村もすぐに後を追う。会計を済ませて表に出ると、二人はエレベーター待ちをしていた。

彼女は騙《だま》されてる。弄《もてあそ》ばれている。金だってもうこの男が受け取っているのだ。このまま彼女を踏みつけにして逃げないとも限らない。みすみす狼《おおかみ》の巣穴に残して立ち去るのが、正しい選択か。

余村は近づいた。ゆっくりと二人の元へ歩み寄る。男がなにか笑わせたのか、後ろ姿の彼女が少し体を揺らし、下ろした髪が背中で揺れる。

男の手が彼女に伸び、触れようとした。繋《つな》がれる手を断ち切るように、余村は声をかけた。

「君、河山くん」

振り返る。男は自分を誰だか思い出せない顔をしたが、隣で果奈はすぐに反応する。

「余村さん！　どうしたんですか。お食事ですか？　奇遇ですね、私たちも今…」

彼女の笑顔に応《こた》えもせず、余村は男を見据えていた。

「君に話がある」

緊張に口が渇《かわ》く。

「え、話？　俺に？」

「そうだ」

言わなくては。止めなくては。その使命感だけが余村を突き動かしていた。

「彼女にお金を返してくれ。それから、彼女に本当のことを言うんだ」

「…は？」

『なんだ、こいつ』

怪訝な男の目が見返してくる。

「君は嘘をついて彼女からお金を受け取っただろう？　君のしていることは犯罪だ」

男の目が見開かれた。明らかに表情が変わり、愕然《がくぜん》とした顔となる。

『声』での反応が返ってきた。

『まさか…こいつ知ってるのか？　今日、こいつから金もらったの…』

「そうだよ、知ってるよ。そのお金の話だ」

「え」

『知ってるって…どこまでだ。口実作って金出させたことか？　親の手術が嘘だってことか？　病気なんてしてないと…まさかユキミのことまでじゃないだろうな？』

隠したいと思う事柄ほど人は考える。隠そうと考えれば考えるほど、その内容は明るみに出る。

余村は初めて人の嘘を正そうとしていた。今まで誰かの嘘を暴《あば》こうと考えたことはない。心なんて聞こえないのが普通だ。特異な力で他人に干渉《かんしょう》するのは、自然に反する傲慢《ごうまん》な行為の気がしてならなかった。

けれど、そもそも今の自分の存在こそが自然に反している。

「ちょっ、ちょっとなに余村さん…」

笑顔を凍りつかせた果奈が、コートの腕を引く。

「君はこの男にいくら貸したんだ？」

余村は厳しい顔のままだった。耳と頭だけが、妙な具合に冴《さ》えていた。

「いくらって…」

「八十万も貸したのか」

「えっ、え？　どこからそんな金額…」

自分が『声』で答えたとは彼女に知るべくもない。

「よ、余村さんがなにを勘違いしてるのか知りませんけど、お金は彼のお母さんの手術費用です。彼の力になりたいと思って、私が自発的に貸したものです」

「病気は嘘だよ」

「え…？　な…なにを根拠にそんな…」

「どうして気づかないんだ。親の手術費用なんて、いかにも詐欺じゃないか。この男のやってることは結婚詐欺だ」

「ちょっと待て、詐欺なんかじゃねぇ！」

エレベーターがやってきた。ドアが開き、膠着《こうちゃく》する三人の間に人が流れ出してくる。余村は男の腕を引いた。エレベーターから少し離れた位置に向かう途中、男は手を振り払う。

「金は返す気はある」

『詐欺ってなんだ。こっちだって返せるもんなら返すさ』

余村は耳を疑う。

驚いたことに、河山は嘘を言ってはいなかった。気持ちだけでも、返済する意思はあるらしい。

『とにかく、この金でユキミさえ誤魔化し通せたら…』

「ユキミって、誰だ？」

ほぼ同じ高さにある男の目が、零《こぼ》れそうなほど見開かれる。眼球が細かに震えていた。畏怖《いふ》の眼差しで自分を凝視する男を、余村は怯《ひる》まずに見つめ続けた。

答えが聞こえる。

「…そうか、君の奥さんか。君には奥さんも息子もいるんだね」

言い終える間もなく、体を襲った衝撃に余村は目を瞬《しばた》かせた。頬が熱い。男の『声』をなぞるように口にした途端襲ったのは、果奈の鋭い平手打ちだった。

「…わないで、勝手なこと言わないで！」

泣いている彼女の顔が目に飛び込んできた。

「理由を聞かせてください」

長谷部に問われたのは、翌日の午後だった。

「昼休みに話がしたい」と朝一番に携帯電話にメールが入っていた。出勤すれば一時間と経《た》たないうちに会える時刻。わざわざメールを寄越したのは、それだけ長谷部が居ても立ってもいられなかったということだろう。

午後二時過ぎ、昼休みの時間を合わせ、食事を兼ねて外へ出た。休憩室はこの時間はまだ利用している者も多く、とても大事な話ができる雰囲気ではない。

入ったのはほど近い場所にある、流行《はや》っているとは言い難い喫茶店だ。

「どうして果奈にあんなことを言ったんですか？」

注文を済ませ、長谷部が切り出したのは当然ながら妹の話だった。

昨夜《ゆうべ》仕事から戻ると、遅くなると言っていた彼女は早く帰っており、随分と様子がおかしかったらしい。いつもデートを楽しみにしている週末。なにがあったのかと尋ねたところ、昨日のやり取りを聞いたのだという。

「…すまなかった。あんな風に彼女を傷つけるつもりじゃなかったんだ」

余村は頭を下げた。

自分が失敗したのを感じていた。あの男がどんな悪人であれ、あの場で果奈を泣かせてしまったのは自分の責任だ。

真実を話せば話すほど彼女の心は硬化《こうか》した。涙が嗚咽《おえつ》に変わり、付近を通りかかる他人の視線も浴び始めた頃、彼女は帰ると言い出した。余村も河山も寄せつけず、一人タクシーに乗り込んで帰っていった。

男は余村を責めなかった。すべてを言い当てた余村から逃げるように、タクシーで去った。彼女の後を追ったのだとばかり思っていたが、果奈が一人で早くに戻ったのならそうではなかったのか。

よかれと思ってやったこと。けれど彼女を傷つけた。世の中には知らないほうが幸せという事柄がたくさんある。その一つにもかかわらず見過ごせなかった。

「本当にすまない」

余村はもう一度深く頭を下げた。

「俺は余村さんに謝ってほしいわけじゃないです。ただ、どうしてそんなことを言ったのか知りたいだけです」

冷静な声。普段から落ち着いた男だけれど、感情的なところの一切《いっさい》ない様子は、一晩考え抜いたからか。

余村は顔を上げ、男を見る。

「それが本当のことだからだよ。彼には奥さんも子供もいるし、お金は奥さんに内緒で作った借金の返済に充《あ》てるためだ。手術が必要な母親なんていないし、彼には…果奈ちゃんと結婚するつもりは最初からない」

長谷部は黙って聞いた後、口を開いた。

「金のことは…昨日知って、いい気はしなかった。俺はどんな理由であれ、金は人から借りるものじゃないと思ってます。でも、彼の理由が嘘だとまでは思いたくない。それがいくら嘘にしか聞こえない理由でも、できれば疑いたくない。妹が好きになった男だ」

生真面目《きまじめ》な男らしい言葉だと思った。余村は判っていた。その後続くだろう言葉も。

「だから理由を教えてください。それが本当だっていうなら、どこで知ったんですか？」

「彼の…地元がどこかまでは判らないけど、就職で離れたんじゃない。転勤で、単身赴任《たんしんふにん》で来てるんだ。会社が判れば、結婚してるのは確認できるんじゃないかな」

「だから、それはどこで聞いた話ですか？」

「…それは言えない」

「余村さん」

答えるまで、長谷部に諦《あきら》めるつもりはない。眼差しがすでにそう語っている。

理由。

あの男を知る知人が偶然身近にいる。家族といるところを偶然見た。電話のやり取りをたまたま立ち聞きした———この場を強引に切り抜ける言い訳はいくつかある。

けれど、そんな子供騙しの嘘はすぐにばれるだろう。

気まずい時間が流れる。

閑散《かんさん》とした薄暗い店内に、沈黙はより重く圧しかかる。堪《た》え切《き》れずに水のグラスに手を伸ばしかけると、ちょうど注文した二人分のランチが運ばれてきた。

長谷部が食べ始めたので、余村もそうした。腹が減っていてさえ不味《まず》いと感じる内容だった。冷凍丸出しのピラフと唐揚《からあ》げのセット。特にピラフは最悪で、こんなにもそもそとした米を食べるのは久しぶりだ。

喉《のど》を通らない。飲み込みづらい不快さに、その場凌《しの》ぎの嘘をつくのはこんな感じかもしれないと思った。

長谷部は話を急《せ》かそうとはしない。自分から口を開くのを待っている。

余村はスプーンを置いた。

「聞いたんだ」

ぽつりと漏《も》らす。

「誰からですか？」

「彼本人からだ」

「え？」

当然の反応だった。

「彼の『心の声』を聞いたんだよ、僕は」

余村の言葉に、長谷部は首を捻《ひね》ることさえしなかった。思考が停止したような顔で自分を見ている。今度は余村が彼が口を開くのを待つ番だった。

やがて、釈然《しゃくぜん》としない顔で言う。

「それは…占いかなにかってことですか？」

「いや」

緩く首を振った。

「なんだろうね。普通に聞こえるんだよ、僕には人の心の声が。だから彼が嘘をついているのも、本当のこともすぐに判ったんだ」

話すうち、隠し立てをする気持ちがどんどん薄れていった。

自信があったのかもしれない。

長谷部が自分を信じてくれる自信。そして、自分を受け入れてくれる期待。嘘偽《うそいつわ》りのない男なら、自分の奇妙な力を恐れる必要もない。

「えっと…」

『なにを言ってるんだ、この人』

戸惑う『声』に余村は耳を傾けた。

『そんなの、信じられるわけがない。いくら余村さんの言うことでも』

「信じられるわけがない？　僕の言うことでも？」

言葉をなぞって寄越《よこ》す。長谷部の黒い眉が反応して動いた。切れ長の目が大きく開く。

『今のなんだ、偶然か？　俺、一言も喋《しゃべ》ってないのにこの人…応えた』

「偶然じゃないよ。聞こえるって言っただろう。喋らなくても聞こえるんだ、人が考えただけで」

『…そんなこと、あるものか。俺はからかわれているのか？』

「そんなことあるものか。俺はからかわれているのか？」

一字一句をなぞれば、長谷部はますます黙り込んだ。驚愕《きょうがく》の顔で無言になったまま。けれど『声』は多くのことを語り続ける。疑問、混乱。否定と肯定《こうてい》が対立する。頭には様々な言葉が『声』となって入り乱れている。

今この瞬間、長谷部の中からは、妹のことさえも押し出されていた。やがて成り立った一つの論理に、唇が開かれる。

「こういう話を聞けば僕がどう反応するかは、たぶん考えれば判ると思います」

いつか聞いた風な言葉。医者との数年前の会話が甦《よみがえ》り、余村は思わず乾いた笑みを漏らした。

「そうだね。昔かかった医者にもそう言われたよ。知ってるかい？　コールド・リーディングって言うんだ。マジシャンやペテン師の使うトリックらしい」

「トリックだなんて僕は…」

『そんなつもりはなくても、あなたが自分で信じ込んでしまってるとか…』

長谷部も否定する。けれど、医者とは違い余村を肯定しようともしていた。

男の『声』に、荒《すさ》み始めていた心が自然と和《やわ》らぐ。

「君は優しいね。僕に嘘をつく気はないと思ってくれるんだ？」

この男なら、きっと判ってくれる。

余村が信じているのは、ただそれだけだった。

「じゃあ長谷部くん、僕の想像もつかない話をしてくれないか。君の心で」


狂人は自分が狂人だと気づけないから、狂人なのではないだろうか？

今まで何度となく考えた。

これは、狂った男の顔かもしれないと。

「…一週間か」

洗面所の鏡を覗き込んで呟き、余村は汚れでも拭《ぬぐ》うかのように自らの顔を一撫《ひとな》でした。

普通の男の顔だ。まもなく三十になろうとしている、珍しくもない顔。けれど、自分は狂人ではないかと今でもときどき考える。

「やっぱり信じられません」

喫茶店で長谷部は言った。

いくら証明しようとしても話は平行線で、まるで青い空を前にしても空が青いことを認めようとしない男に、これ以上の説明は無駄だと余村も考え始めた。昼休みの時間はとうに過ぎていた。

もどかしかった。信じてくれないのもだが、青い空を見せることはできても、空が青い理由を説明できない自分がもどかしくてたまらなかった。

仕事を終えて家に帰ると、落胆《らくたん》は大きくなった。長谷部からの連絡は特にないままで、店でも接点の薄い日々。フロアで擦《す》れ違《ちが》えば挨拶はするものの、それ以上の会話はなく、休憩室で一緒になったりもしない。

信じてもらうどころか、避けられている。

果奈はどうなったんだろうと気にかかりながらも、自分から尋ねる勇気は持てないでいるうち、七日が経とうとしていた。

洗面所を出た余村は、まっすぐにロッカー室に向かう。閉店時間を過ぎ、皆慌《あわただ》しく帰り支度をしているところだった。

長谷部の姿はない。もう帰ってしまったのだろう。手早く上着だけを着替え、薄手のスプリングコートを羽織《はお》って表に出ると、数歩も歩かないうちに声をかけられた。

「余村さん」

裏口の傍に長谷部が立っていた。

すでに私服姿の男は、いかにも自分を待っていたという様子で、余村はどきりとなる。以前話がしたいというから、途中の公園に立ち寄った。駅へ向かう途中にある小さな公園。酔い覚ましに立ち寄った場所だ。

入り口に近いベンチは、あの夜と同じベンチだった。あと十日もすれば三月も終わる。街灯の下のソメイヨシノは、今にも開きそうなほど蕾《つぼみ》を膨《ふく》らませていた。桜なんて植わっていたのかと腰を下ろしながら見上げた瞬間、長谷部が口を開いた。

「本当でした。余村さんの言ってた話」

「…彼のこと？」

「ええ。気になって…妹が彼の勤務先を知っていたのであの後すぐに電話してみたんです。独身ではないそうです。途中から怪しまれて、それ以上教えてもらえなかったんですが…その夜に彼がお金を返しに来ました」

「え、そんなに早く？」

「金は返すから、これ以上詮索《せんさく》しないでほしいと。俺が会社に電話したので、危機感を感じたみたいです。俺は…詮索しない代わりに、殴らせろと言いました。果奈の前から消えろとも」

本当にあの男を殴ったのか、長谷部の口調は淡々としていてよく判らない。横顔はいつもどおりの無表情。とても人を殴ったとは思えない顔だ。

どうして話してくれなかったのだろうと思った。すぐに電話をして、その日のうちに男と話もついたのなら、何故自分に教えてくれなかったのだろう。少し奇妙に感じたけれど、事態が進展していたのはよかったとあまり深くは考えなかった。

それよりも果奈だ。

「果奈ちゃんは？　その…元気にしてるの？」

「ええ。あ、いや…ショックで落ち込んでて元気とは言えませんけど、『本当のことなんだから、判ってよかったって思えるようになるしかない』って言ってます」

「…そう」

思ったよりも彼女は強いのかもしれない。そうであってほしい。事を早まった責任を今でも余村は感じていた。

「落ち着いたら、果奈ちゃんに謝らせてくれ」

「気にしないでください。余村さんはなにも悪くない。本当だったんですから、感謝してるくらいです」

だったら、どうして長谷部はこちらを見ようとしないのだろう。

余村は不用意に『声』を聞かないよう、以前にも増して気を張っていた。集中すべく、長谷部の唇の動きに注視するうち、男がこちらを見ないでいるのに気がついた。

目に映るのはずっと横顔ばかりだ。

「余村さん、俺…あなたの言ったこと信じます」

「え…」

「心の声が聞こえるって言ったの、本当なんですよね？　信じれば、あいつのことも納得できるし、それに余村さんが嘘をつくとは思ってない」

長谷部は一呼吸置いて尋ねてきた。

「いつから聞こえるんですか？」

「三年前からだよ。本当に信じられない話なんだが、クリスマスの朝に突然聞こえるようになったんだ」

「三年前？　そうですか…」

あまり変化のない男の顔が、瞬間強張った気がした。

「じゃあ知ってたんですよね、俺のこと。俺が…余村さんを好きだって、最初から知ってたんでしょう？」

避けては通れない話。そう判っていたのに、いざ振られてみると胸が冷たくなる。返事をするのが怖かった。

「…知ってたよ」

余村は重い口を開いた。

「イブの日、店に戻ろうとして君にぶつかったとき…驚いて気が抜けてしまって、そしたら君の心の声が聞こえた。俺の名を君は何度も呼んで…特別に考えてくれていた」

長谷部は黙っている。

軽蔑《けいべつ》されるだろうか、怒るだろうか。次に聞く言葉は怖かった。けれど、早く唇に動いてほしいとも願っていた。返事を早く聞きたいばかりに、その『声』を聞いてしまう前に——

硬く閉じられた唇が動いた。最初に聞いたのは非難でも嫌悪《けんお》の言葉でもなく、笑い声だった。

開かれた唇から歯が覗き、長谷部は微《かす》かに声を立てて笑った。それから慌てて繕《つくろ》うように言う。

「すみません。聞こえるっていうの、本当なんだなって思って。俺、まだどこかで信じきれてなかったみたいです」

「い…いんだ。すぐに信じられるような話じゃないのは判ってるから」

「クリスマス…ちょうどあなたと親しくなったきっかけですね。全部判ってたんだ…俺がどんな風にあなたを好きかも」

「で、でも、なるべく心の声は聞かないようにしてるんだ」

ほとんど真っ直《ます》ぐに夜の公園に向けられていた長谷部の視線が、自分に注がれる。

「できるんですか、そんなこと？ 普通の声みたいに聞こえるって言ってましたよね？」

「できるよ。聞くより聞かないでいるほうが難しいんだけどね。でも意識を注意して余所《よそ》に向けてれば、聞かずにいることはできる。驚いたりして、平静を失ってしまうとだめなんだけど」

「そう…なんですか」

「今も聞いてない」

余村は断言した。長谷部の眼差しが、どういうわけかふらふらと揺らいだ。

視線が泳ぐ。何故《なぜ》だか判らなかった。聞いてないことに不都合があるとは思えない。

バツが悪そうに男は立ち上がった。

「そろそろ帰りましょう。引き止めてすみませんでした」

急に歩き出す。自分がついてくるかも考えていないような早足に、余村は慌てて背中を追いかける。

「あの、よかったら食事しないか？」

まだ話をしたかったし、そういえば腹も減っていた。どうせ駅まで一緒だから、軽く食事くらいしてもいいはずだ。長谷部は聞いているのかいないのか、背中は振り返ろうとも立ち止まろうともしない。もう一度言うしかないと声をかけようとした瞬間、返事は寄越された。

「そうですね、また行きましょう。奢《おご》ります。妹のことのお礼もありますし」

たった一言で、『今夜』のはずの予定は『いつか』に持ち越された。

夜風が頬を撫でる。春の訪《おとず》れに暖かくなってきたはずの風は、余村にはまだ冷たく感じられた。

四月になり、急速に季節は変化した。日中はどうかすると汗ばむほどで、夜は花冷えに震えながらも、開花した桜が春の訪れを決定づけていた。

季節の移り変わりが、そのまま時間の経過になる。長谷部の言った『いつか』は、その日になる気配はなかった。店は引っ越しシーズンに売上を伸ばした。特に長谷部の担当する白物家《しろもの》電コーナーは飛ぶように売れていた。

忙しいからだ。長谷部が食事に誘ってこないわけを、余村はそう理由づけていた。けれど、一方でもうこのまま関わりを絶ちたいのかもしれないと考えるようにもなった。

待つという状態に堪《た》え切《き》れずに自分から誘いをかけたのは、桜も葉が目立ち始めた頃。新入生や新社会人の買い物ラッシュも落ち着いた頃だった。

長谷部は断ったりはしなかった。正直、断られるかもしれないと予想していた余村は拍子抜《ひょうしぬ》けした気分で、けれど約束の日が近づくにつれ素直に嬉しくなっていた。

明日は互いに休日だ。時間を気にせず遅くまで飲むことだってできる。店以外の場所で過ごすことも。部屋の掃除は怠《おこた》らなかった。ふと気づいたベッドのカバー類を取り替えながら、いい歳してなにをやってるんだろうと一人の部屋で恥ずかしくなったりもした。

最近日が暮れるのが随分遅くなった。暗くなったと思えば、すぐに閉店時刻がやってくる。余村は普段どおりの時刻に裏に上がった。

ロッカー室に向かう途中、最奥《さいおう》フロアのカウンターに長谷部の姿を見かけた。

「長谷部くん、もう上がれそう？」

「あぁ、余村さん…」

男はなにか緊迫した様子で名簿を開き、電話の受話器を握り締めていた。

「すみません、先に店に行っていてもらえますか？」

「なにかあったの？」

「今日納品した冷蔵庫が不調らしくて、クレームがきたんです。明日の朝一で代わりを寄越せって言われてんですが、在庫がない品で…メーカーは営業時間外ですし」

「オンラインももう受注時間外だろう？　どっちにしても明日の朝一番は無理だよ」

「ほかの店に在庫がないか聞いてみようと思ってます。近県まで見つかればどうにかなるかもしれませんし」

そこまでする販売員はいない。それに販売員はクレームの窓口になりはしても、故障の責任を負《お》う部署じゃない。

「品が見つかっても、配送が確保できないんじゃないのか？　それに遠かったら配送費用が…」

「一応、店長に許可はもらってるんで、やれるだけやってみて、ダメだったらそのとき考えます。なので先に店に行ってください」

責任感の強い長谷部らしかった。

「…そうか。じゃあ僕は先に行くよ。店の場所は判ってるんだよね？」

「ええ」

長谷部はすでに視線をカウンターに戻し、店舗一覧を前に電話順を考えているようだった。

「頑張って」

その肩を叩く。激励《げきれい》の意味を込めたつもりだった。

次の瞬間、余村は呆然となった。

肩から払い落とされた手のひら。長谷部自身、自分の行為に驚いたような顔でこちらを見ていた。

「あ…す、すみません、ちょっと驚いて」

「い…や、いいんだ。こっちこそ悪かったよ」

気まずさを拭えないまま、その場を離れる。

店を出た。行く先は串焼《くしや》きが美味《おい》しいと評判の店だ。長谷部には話していなかったけれど、予約を取っていた。行かないわけにはいかない。長谷部に最初言われたときには、先に到着しておくのになんの抵抗もなかったのに、今はなんだかとても嫌な気分だ。

あまりよくない予感が頭を占《し》めていた。

まだ早い時刻。帰宅途中のサラリーマンや騒がしい学生たちで賑わう駅構内を横切り、反対側にある店へと余村は向かった。

店では奥のテーブル席が予約で確保されていた。いつになるか判らない男を待つのに注文もしないでいるわけにもいかず、ビールとつまみを頼んだ。

携帯電話で何度となく時刻を確認する。気長に待つつもりでいても、やはり気になって仕方ない。三十分くらい過ぎた頃、メールの着信があった。

長谷部からのメール。早いな、と感じつつ開き見た内容は、期待とはまるきり違っていた。

『すみません、遅くなりそうなので先に帰ってもらって構いません』

悪い予感が現実になった。余村はすぐに返事をする。

『待つよ。気にしないでいいから、仕事が片づいたら来るといい』

五分としないうちに返事の返事がきた。終わった知らせのわけがなかった。

『いつ終わるか判りません。いつまでも待たせるのは悪いです』

『構わないよ。どうせ明日は休みなんだ』

『一店、どうしても売り場担当が捕まらないところがあって、連絡つくまで粘《ねば》ってみようと思うんです。今日中に帰れるかも判らないので、また今度にしてください。我儘《わがまま》を言ってすみません』

それ以上、待つとは言えなくなった。

また今度。

約束がまた『いつか』に変わる。

頼んだビールはすでに飲み干しており、いつでも帰れたけれど、余村はそうしなかった。二杯目を注文し、さらに追加注文を繰り返そうとしたとき、ふっと思い直して立ち上がった。

戻ろう。表に出た余村が目指したのは、長谷部の残っている店だ。足早に駅のコンコースを素通りし、店へと向かう。

腹が減っているだろう。自分が居ては邪魔になるなら、差し入れに置いていけばいい。

いつも利用しているコンビニで、適当に腹の膨れそうなものを見繕《みつくろ》った。少し買い過ぎてしまったとレジで感じつつも、長谷部が喜んでくれればいいと思った。

重い袋を提《さ》げて自動ドアを潜《くぐ》る。一応連絡してから戻ろうと、上着ポケットの携帯電話を取り出そうとしたときだ。

高架下《こうかした》に沿う通りを、店に居るはずの男が歩いているのが見えた。駅に向かっている。脇道の自分に気づく様子はなく、なにか難しい顔をして大股《おおまた》に歩いている。

もう仕事は終わったのか。

追いかけようとして余村の足は止まった。

手にした携帯電話は沈黙したままだ。思ったよりも早くに仕事が片づいたのなら、どうして自分に連絡を寄越してくれない。最後のメールから三十分と経っていない。まだこの辺りにいるかもしれないと連絡してみるのが普通じゃないだろうか。

そう、会いたいのなら――

余村の顔は曇《くも》った。足が動かない。長谷部の姿はビルに阻《はば》まれてもう見えなくなっていた。コンビニの明かりを背に、どのくらいぼうっと突っ立っていただろう。突然震えた携帯電話に余村ははっとなった。慌てて落としそうな勢いで開く。長谷部からのメールだ。

『今日はすみませんでした。気をつけて帰ってください。また連絡します』

一瞬期待しただけに、奈落《ならく》の底に突き落とされたみたいだった。手に提げたコンビニ袋が、その重みに指に食い込む。打ち捨てたい気分だ。傍のダストボックスが目に入る。けれど、そんな大人気《おとなげ》ない真似《まね》をすることもできず、余村はのろのろと夜道を歩き始めた。


休日の翌朝、長谷部からメールが入った。

また詫《わ》びのメールだった。昨日返事をしなかったから気に病《や》んでいるのか。だったら嘘などつかずに会ってくれればよかったのに。

いや、長谷部に嘘をついたつもりはないのかもしれない。もう本当に自分は帰宅途中だと思い込んでいたか、もしくは、できればそうであってほしいという願いから触れないでいたか。

いずれにしろ、長谷部の自分に会いたいという気持ちはそこにない。なんとなく腹立たしい気分で、半《なか》ばおざなりのメールを返事に送った。

余村はベッドに寝そべっていた。

朝の日差しは昼のものに変わろうとしているのに、まだ眠かった。昨夜は寝つけず、明け方ようやく眠りについたのだ。

携帯電話を握ったまま、再び意識が遠退《とおの》きかける。そのまま眠ってしまうつもりが、返事が来た。

『今なにしてますか？　俺はテレビを見ています』

驚いた。ほとんど意味のないメール。義務感から昨夜の詫びを何度も送っているとばかり思っていたのに、長谷部は自分にメールを寄越したいらしい。

『うとうとしてた』

質問に答えたら、またくだらないメールはやってきた。何度かメールは続いた。

以前、長谷部はメールは苦手だと話していた。手軽なツールだけど、文章だけではどんな気持ちが込められているのか判らず、好きになれないと。

今まさに、余村には長谷部の気持ちがよく判らなかった。まるで何事もなく、親しみを込めたかのようなメール。その先でなにを考えているのかなど、小さな画面に並んだ機械の文字からは読み取れない。

皮肉なものだ。気持ちが伝わらないから嫌いだと言ったメールを、だからこそ長谷部は選んだ。心は聞こえない。通信された文からは、たとえ余村がその気になったところで、心の声を聞くことは適《かな》わない。

それでも、メールをくれるのは好意の表れだと信じたかった。もし、自分と縁を切りたいのであれば、寄越さなければいい。

『まだ起きないんですか？』

ベッドにだらりと腕を伸ばし、ぼんやりとした表情のない顔で余村はメールを送る。

『そろそろ起きる。シャワーも浴びないと』

『風呂は朝入るんですか？』

『だいたいは。体はどこから洗うとか、下着の色とか教えようか？』

『そういう冗談は余村さんに似合っていません』

だったら自分に似合う言葉はなんだ。

冗談ではない、今長谷部に伝えたい言葉。

『会いたい』

そう送った途端、メールは途絶える気がした。『いつか』は『いつか』のままにしておかなければならない。

『君が好きだ』

そう送ろうとして、余村は散々《さんざん》迷ったのち削除《さくじょ》した。今更、自分の気持ちを明確にできても遅い。

長谷部は好きだと言ってくれた。心でも、言葉でも、何度も。あの夜、長谷部と抱き合った夜、自分も好きだと返してしまえばよかった。恋人になってしまえば、真面目な長谷部ならそう簡単に自分を遠ざけたりできないだろう。

虚《むな》しい考えだった。約束で人を縛《しば》っても意味がない。心は自由だ。有形無形《ゆうけいむけい》問わず、どんなものにも心は縛られることはない。自由に心はものを考える。余村は誰よりそれを知っていた。

あの夜、自分に口づけながら、嘘はつかないと長谷部は言った。そんなこと、宣言しなくとも長谷部は誠実だった。嘘のない男なら、きっと自分の力も受け入れてもらえると思った。

知らせなければよかった。

世の中には、知らないほうが幸せなものがある。

この世は、そんなものばかりだ。


「元気そうでほっとしたよ」

果奈に会ったのは、四月の最後の日曜日だった。カフェの小さな丸テーブルで向き合った彼女を、余村はまじまじと見つめた。顔色もよく、なによりも表情が明るいのに安心した。

その日、余村は休みだった。これからの季節に備《そな》え、夏物のワイシャツでも揃えようとデパートへ出かけ、最寄りの地下鉄駅に向かう帰宅途中、偶然通りかかった長谷部の妹に声をかけられた。彼女も一人だった。お茶でもどうですかと誘われ、断る理由もない。

「もう二ヵ月近くも経つんですから、いつまでもめそめそしてませんよ」

紅茶のカップを傾けながら、果奈は笑う。あまりに明るいので、最初は空元気《から》かと疑ったほどだった。

二ヵ月。その時間に対する感覚の違いを感じる。ふっきれたかはともかく、若い彼女にとっては二ヵ月といえば『もう』なのらしいが、余村にしてみればたったの二ヵ月だった。

「あのときは本当にありがとうございました。それに叩いたりしてすみません」

「頭なんて下げないでくれ。礼なんてとんでもないよ。僕は君に謝らなくてはいけないとずっと思ってた。あんな風に君を苦しめてしまって、すまなかった」

果奈は首を振る。少し寂しそうに笑った。

「彼とは一年近く前に友達に誘われて行ったコンパで知り合ったんです。余村さんは彼をご存知だったんですね」

「え？」

「彼の友人の知り合いだって兄が言ってました。だから彼が結婚していることも知っていたんだって」

長谷部は彼女には『声』のことは話さず、適当に関係を誤魔化《ごまか》したらしい。この上、『声』の話なんてされては、混乱するばかりだろう。

「君には…幸せになってほしい。月並みな言い方になってしまうけど、本当にいい男がこれから必ず現れるよ」

「…そうですね。大事なこと、忘れるところでした。私には幸せになる義務があります。今まで兄に散々《さんざん》世話になったんだから…それに、短大まで出させてもらったのに、もっと頑張って働かないと駄目ですよね」

力強い言葉に、笑顔が輝いて見えた。カフェは通りに面していて、窓越しに差し込む春の光もきらきらと眩《まぶ》しい。余村は頬を緩め、コーヒーを飲んだ。

彼女は足元の紙袋に触れる。

「そうそう、今日は兄の誕生日プレゼントを買いに来たんですよ。あんまり物とか興味ない人だから、なんにするか毎年困ってしまって」

「もうすぐ誕生日なんだ？」

「知りませんでした？　五月の五日。ふふ、子供の日です。覚えやすいでしょう？」

「そうだね、もう覚えたよ」

「そうだ！　よかったら余村さんもお祝いしてやってください。あんな無愛想《ぶあいそ》で可愛げのない兄ですけど、やっぱりいくつになっても一言もらうと嬉しいものだと思うし。最近…余村さん、あんまり兄と出かけたりしてないですよね？」

思わぬところを突かれ、反応が鈍《にぶ》る。

果奈は急に肩を落とし、ため息をついた。

「なんだか近頃元気がないんです。真っ直ぐ家に帰ってくるばっかりで…気分転換したらって言っても生返事だし。前みたいに余村さんが飲みに誘ってくれたら、元気になるんじゃないかと思うんですけど」

「え、あぁ…」

事実は逆だ。誘ってもらえないのは自分のほう、避けているのが彼。歯切れの悪い返事を彼女は余村が拒んでいると取ったらしく、眉根を寄せる。

「兄がなにか失礼なことしましたか？　もしかして…彼のことで？」

「まさか、違うよ」

「だったら、誕生日だけでも祝ってやってください。喜びます」

「そうだね…彼が喜んでくれるなら」

にっこりと笑って見せれば、果奈にも笑顔が戻る。余村自身、果奈に言われたのを口実にしてでも祝ってやりたかった。

「どうせなら彼の好きなものでもあげたいな」

長時間一緒にいることになる食事に誘うよりも、短時間で渡してしまえるプレゼントのほうが、長谷部も気楽に受け取れるんじゃないかと思った。

近頃ではメールだけの付き合いが当たり前になっている。同じ店の中で働いているのに、まるで遠距離に隔《へだ》てられた者のようだ。

長谷部の本心は判らないまま。いつか自分の奇妙な力にも慣れて、元のように打《う》ち解《と》けてくれるんじゃないか。そればかり考えていた。

ゴールデンウィークは忙しかった。そして大方の予想通り、集客に比べると売上は奮《ふる》わなかった。時間潰《つぶ》しがてらの冷やかしが多かったのだろうけれど、販売の足がかりになるのならそれも仕事のうちだ。

五月五日。子供の日。節句祝《せっくいわ》いに父親と一緒にパソコンを買いに来る小さな子供がいて驚いたりしつつも、その日も一日が無事に終わろうとしていた。

「帰り、少し時間あるかな？」

帰り際、長谷部に声をかけた。通路で呼び止められた男は少しばかり身構える顔をして、そして返答には一瞬の間が空《あ》く。

「すぐ済むから。渡しておきたいものがあるんだ」

そう付け加えると、大きく頷く。まるで空けてしまった間を悔《く》いるかのように。

「じゃ行こうか」

余村は微笑んだ。それなりに覚悟はしていたけれど、結構しんどいものだなと思う。

好かれていると自信があったときは、長谷部の言葉や行動の一つが嬉しくて仕方がなかったのに、今はその一つ一つが自分を不安にさせる。

用意した誕生日のプレゼントを渡したら、すぐに帰るつもりだった。駅までの道程《みちのり》で渡してしまえる程度のものだ。とりあえず並んで歩き出したところ、都合の悪いことに大粒の雨が降り出した。夕方から雨が降ると予報は出ていた。崩れた天気に、とてものん気に路上でハッピーバースデーなんてやれる状況ではなくなる。

二人とも傘を持っていなかった。道沿いにはいくつも店が並んでいて、雨宿りも食事も望めば自由にできるけれど、余村は足を止めなかった。以前二人で行った店もあった。けれど、無視して行き過ぎる。

「入りますか？」

一軒の店の前で言ったのは長谷部だ。自分でも大げさだと思うほどに、長谷部から言い出してくれたのが嬉しかった。

「あぁ、じゃあ一杯だけ」

入ったのは小さなバーだった。バーと言ってもそう洒落た店ではなく、アルコールも出すカフェのような手軽な店だ。

「なんですか？　渡すものって」

カウンターに並び座ると、なんだか随分と畏《かしこ》まった雰囲気になる。男同士で改まってプレゼントを手渡すというシチュエーションは、思った以上に気恥ずかしい。

「今日、誕生日なんだろう？」

余村は殊更《ことさら》軽い調子で言った。

長谷部の様子は相変わらずで、ぎこちない態度でカウンター前に並んだ酒瓶《さかびん》やらを眺めていたが、そう言うと顔を向けてきた。

「え…よく知ってましたね」

「たいしたものじゃないんだが、よかったらもらってほしい」

鞄《かばん》から取り出したのは本当に大層《たいそう》な物ではなかった。長谷部のことだ。高価な物など贈ったら、恐縮《きょうしゅく》して倍返しでもしてくるに決まっている。

妹の果奈の薦《すす》めで買ったCDだった。映画のサントラだ。長谷部は気に入った映画があると音楽にも興味を持つらしく、この映画も家でDVDを見た際に「曲がよかった」としきりに言っていたらしい。

「え、あ…ありがとうございます。開けてもいいですか?」

長谷部が嬉しそうにしたのでほっとした。「もちろん」と頷けば、簡素な包みを開き始める。

「なんか気を使ってもらってすみません。もう祝ってもらうような年でもないのに」

「君の年でそんな風に言ってたら、僕に嫌味だろ。まだ全然若いのにさ…どうかした?」

ふと気がつけば、長谷部の動きが止まっていた。CD店のあまりセンスがあるとは言い難い包装紙から現れたプレゼント。視線を落とした長谷部の表情が強張る。

「この映画…」

「ごめん、気に入らなかったかな？」

聞いたタイトルを間違えてでもいただろうか。

長谷部は首を振り、すぐに笑顔になる。

「…いえ、欲しかったものです。だいぶ前に観《み》た映画なんですけど、すごく曲がよかったから。ありがとうございます」

「そっか、ならよかった。あ、乾杯しないと」

ちょうど頼んでいたグラスビールがカウンターに二つ出されたところだ。

「長谷部くん、誕生日おめでと…」

グラスを合わせようとしたそのとき、すぐ背後で大きな音が響いた。床を打ちつける鋭い音に余村はびくりとなる。

傘の倒れる音だった。入ってきたばかりの女性客が、雨の雫《しずく》の飛び散った傘を煩《わずら》わしそうに拾い上げている。

「あ、ごめん乾杯」

安心して向き直った余村は気が抜けていた。

「あ、はい…」

頷く男の反応、カチリとなるグラスの音。背後の店の心地いいざわめき――

『…どうして判ったんだろう』

そして、呟くような長谷部の『声』が余村には聞こえた。

「え…」

『俺が好きなもの…映画のタイトルまで知ってるのは、やっぱり心を読まれたから…』

「違う！」

思わず叫んだ。考えてもいなかった。そんな風に疑われるとは微塵《みじん》も思っておらず、心外なのと同時に大きなショックだった。

異常な反応に、長谷部が目を見開く。今まさに疑惑どおりに心の声を聞いてしまった状況に、余村は激しく狼狽《ろうばい》した。

「あ…」

『今、心読まれたのか？』

「違う…」

首を振った。ゆっくりと、やがて大きく、余村は激しく首を振った。長谷部が自分を見ている。

「余村さん…」

『あぁやっぱり聞こえてるんだ』

ただ事実を確認するだけの『声』が、厳しく責められているようでならない。

「違う。違う！　聞いてない、僕は…なにも知らない！」

軽蔑されるのが酷《ひど》く怖かった。パニックになる余村の声に、店内の客の視線が集まる。自分がみっともなく取り乱しているのに気がつき、何度か深く息をついた。

「…帰るよ」

「余村さん？」

「今日は誕生日だから僕に奢らせてくれ」

「ちょ、ちょっと待ってください…」

制止も構わず、どこかおろおろしているカウンター内の店員に代金を押しつけて店を出る。ほんの僅《わず》かの間に、雨脚《あまあし》はさらに激しくなっていた。一瞬躊躇《ちゅうちょ》したが、余村は構わず雨の中に飛び出した。少し歩けばもう駅の構内だ。

少しどころか、数歩歩いただけで服の色が変わり始めた。雷鳴が鳴り、擦れ違う女性が軽い悲鳴を上げる。

「余村さん！」

追ってくる男の声も雨音が邪魔をし、どこか遠い。

「濡れるだろう、ついて来なくていい」

「あなたこそ濡れてるじゃないですか！」

「いいんだ、早く帰りたい」

肩を摑もうとする男の手を振り払った。

「もういいんだ。悪かったよ、今日は無理に付き合ってもらって」

「余村さん！　疑ってすみません、気を悪くしたのなら謝ります」

「謝る？　そんな必要ないだろう。実際、僕は君の気持ちを知ってしまったんだから。君の疑ったとおりのことをしたんだよ。謝るなら僕のほうだ」

先を急ぐほどに、足元で水飛沫《みずしぶき》が跳ね上がる。水溜まりの真ん中を歩いているみたいだ。路上は排水溝《はいすいこう》に向け、どこもかしこも雨が流れていた。

食堂街に繋がる駅の裏口に辿り着いた。開いたドアを潜って雨から逃れたはいいが、二人ともうにびしょ濡れだった。

余村は足を止め、服の雨を払う仕草をしながら男を見上げた。

「君が…僕とどう接したらいいか判らなくて困ってるのは知っていた。避けられてるのも気づいてた」

長谷部は髪から滴《したた》る雫もそのままだ。

「…余村さん、俺は最初に公園であなたが『聞かないようにできる、だから聞いてない』って言ってくれたときにも、やっぱり疑ってしまった。そして疑ったのを気づかれたんじゃないかって不安になった」

雨に濡れた薄い唇が動く。

「あなたといるとずっとそんな風にばかり考えてしまって、どうしたらいいか判らなくなるんです。何か一つ考えるたび、疑ったり自己嫌悪したり…」

「…いいんじゃないか、それで。実際、僕は百パーセント君の心を聞かずにいることはできないんだから。さっき自分でもそれがよく判ったよ」

もう終わりでいいと思った。

なんだか、酷く疲れた気分だった。雨のせいかもしれない。

「君には判らないだろう、人の気持ちが判ってしまう人間の気持ちなんて」

余村はふっと笑った。長谷部が痛いような眼差しで自分を見ている。

「僕はなにも知りたくない。誰の気持ちも知りたくない。今の君の気持ちだって、知りたいだなんて一つも思ってなかったんだよ」

「おやすみ」と断ち切る強さでそう言い残し、歩き出した。長谷部は追ってこない。もし追いかけてきても、もう絶対に足は止めまいと思った。

――知りたくない。

知りたいわけがなかった。

どんな風に君が心変わりしているかなんて、知りたがるものか。

聞かないのは長谷部のためじゃない。自分のためだった。

遠くへ行きたい。余村は思った。長谷部のいない遠いところへ行ってしまいたい。できれば誰もいないところがいい。

誰も、自分の存在すら知らないところ——いや、それじゃ足りない。

もう誰かの声を聞いたりするのはうんざりだ。

もっと、遠くがいい。


「それで辞めてどうすんだ。ほかの就職口でも決まってんのか？」

店長の増岡は渋い顔のままだった。

余村が退職を申し出たのは、翌日の午前中だった。まだ客の姿も少ない、開店して間もない時刻。事務所にいた男に話を切り出したところ、すぐさま応接コーナーのほうへ引っ張られた。その場にいたベテランの女性事務員が、『あらら』という顔をして見送っていた。

「次の仕事はまだ考えていません」

退職を決意したのすら、昨日のことだ。

なにか重いものにべしゃりと押し潰され、決定づけられてしまったかのようだった。

長谷部のことは大きい。けれど、それですべてが決まったというよりも、降り積もっていたものに大きな重みが加わり、持《も》ち堪《こた》えられずに潰れた。そんな感じがした。

一つ一つはとても軽いもの。慣れて軽いと思っていたもの——

「おいおい、だったらなにも今辞めなくてもいいだろう。景気が上向いてるっていっても、再就職はそう楽じゃないぞ？　もう少し慎重に考えてみろ、おまえのためを思って言ってるんだ」

応接の低いテーブルを挟み、ソファに座った男は溜め息交じりに言う。溜め息の向こうの『声』を聞く余村は、増岡の本音がどこにあるのか、痛いほど判っていた。

『勘弁《かんべん》してくれよ。今コイツに辞められたら困んだよ。やっとPC関連が上向いて、あともうちょっとでエリアのトップに売上立てそうだってのに』

売上、売上、また売上。朝礼の際の小言の内容とさして変わりない。

「うちの規定は退職は二週間前申請になってるけどな。せめて二ヵ月…いや、一ヵ月は様子をみたらどうだ？」

『来月ボーナスの査定《さてい》なんだ。今トップに立たなきゃ意味ねぇだろうが』

売上すなわち評価。働く者としては至極当然の欲求だろうけれど聞きたくない。そのくせ余村は『声』から意識を逸《そ》らすのをやめていた。風邪を引いたわけでもないのに気力は抜け切り、だらりとなった心へ、まるで投げつけられる石のように言葉の数々がぶつかってくる。

もう『声』を聞く生活はうんざりだ。

「余村、おい聞いてるのか？　おまえを心配して言ってるんだぞ？」

心ここにあらずな顔で座っている余村を、増岡は不審げに見る。

「ええ、ご心配おかけしてすみません」

「そう思うならもう少し頑張ってみろよ、な？　おまえにはホント、期待してんだから。今からでも正社員登用《とうよう》したいんだぞ、俺としては」

『やる気ねぇだろ、コイツ。これだから最近のモンは。理由だって私事《しじ》とか言ってるが、大方《おおかた》働くのが面倒臭《めんどうくさ》くなったとか、そんなとこだろ』

非難は、やがて攻撃へと転じる。表面の優しい声音とは裏腹に、男は激しく余村を詰《なじ》った。

『だいたい、うちに来る前まで二年だか三年だか働いてなかったのだって、なにやってたんだか。病気とかいうの、嘘じゃねぇのかありゃ』

余村は立ち上がった。もう充分だ。ろくな反応もなく、ただ無言で席を立とうとする自分を、増岡が怪訝《けげん》な目で追う。

「余村？」

「失礼します。お話はまた後ででも。そろそろ売り場も混んできてるかもしれませんので」

「あ、あぁ…」

薄い衝立《ついたて》の向こうでは、さっきの事務員が『あらあら店長振られたみたいね』と他人事《ひとごと》の顔で窺《うかが》っている。そのまま事務所を横切って出て行こうとして、余村は男の『声』を背中で聞いた。

『しょうがねぇな』

すとんとなにか憑《つ》き物《もの》でも落ちたような『声』。

『ま、理由はなんか言いたくない事情でもあるのかもしれんな。あぁクソ、すぐカッカして自分の都合しか見えなくなるのは俺の悪い癖だ』

急に人でも変わったみたいに、増岡は今度は自己嫌悪し始めた。

余村は振り返る。間口の向こうに、一人ソファに取り残されて佇《たたず》んでいる男の姿が見える。

「なんだ？」

視線に気がつき、増岡がこちらを見た。

「いえ…」

自分の都合しか見えなくなっていたのは、まさに自分のほうだ。

余村は少し迷ってから告げた。

「日にちについては、もう少し先延ばせないか考えてみます」


その日、長谷部と話をすることはなかった。

余村は避けていた。裏には極力《きょくりょく》行かないようにしたし、昼休みの時間も意図的《いとてき》にずらした上、外食にした。

気分転換になるどころか、より憂鬱《ゆううつ》になった。外は昨日から引き続きの雨模様。小降りになってはいたものの、しとしととした雨は道行くものの顔を曇《くも》らせる。

夕方を迎えると、重く垂《た》れ込《こ》めた雲にあっという間に辺りは暗くなった。まるで冬のように夜が駆け足で訪れる。

「ゴールデンウィークの最後の日曜が雨とはなぁ」

閉店したばかりの時刻。まだ誰もいないだろうと思ったのにロッカー室には先客が二人ばかりいた。

「なんだ早いな、余村。なんだなんだ？　デートの約束でもあんのか？」

制服の上着を押し込むと、すぐにその場を出て行こうとする余村を揶揄《からか》ってくる。

「まさか、違いますよ。用があるのでちょっと急いでるだけです。お疲れさまでした」

用があるというのは嘘だった。用がないから急いでいた。仕事の用もない店にいつまでも残って、長谷部と顔を合わせるのは避けたかったからだ。

「余村さん！」

裏の従業員口で件《くだん》の男に捕まる。脱兎《だっと》のごとく帰る余村を察していたかのように、制服姿で通路を追いかけてきた。

「余村さん、店辞めるかもしれないって本当ですか？」

もう長谷部が知っているとは思わなかった。

「誰から聞いたんだ？」

「昼に店長が話してるのを偶然聞いたんです」

『辞めるかも』じゃなく決定だったはずの退職は、今朝増岡に譲歩《じょうほ》したせいで半分を仮定にされてしまったらしい。迷惑はかけまいと思い直してはいたけれど、「先延ばしを考える」と言ったのは、代わりの人間も決まらないうちに辞めてしまうのは気が引けただけだ。

「…そのつもりだよ。辞めようと思ってる」

「俺のせいですか？」

「君の？　やめてくれ、君と揉《も》めたくらいで辞めたりしないよ。責任感じてるなら、お門違《かどちが》いだ」

「だったらなんで逃げるんですか？」

「逃げてない。自分の将来を考えてみた結果だ」

半開きだったドアを大きく開け、余村は表に出る。

「失礼するよ。お疲れさま」

「ちょっと待ってください。まだ話があるんです」

「急いでるんだ。僕には…話はないから」

男の鼻先でドアを閉じた。開けないでくれと念を込めるように強く閉めてから、歩き出す。

きちんと傘は持って出たのに、雨は止《や》んでいた。ところどころにできた水溜まりが、鏡のようにビルの明かりやら店の看板やらを反射する道を、余村は駅に向かって急ぎ歩いた。

将来。自分の口にした言葉に笑いが込み上げてくる。店を辞めて、どんな将来が残されてるというのだ。

なんで逃げるんですか？

長谷部はすべてを言い当てていた。自分は逃げるつもりだ。三年前そうしたように、また人のいない世界へ逃げ込むつもりでいる。

人の溢れるこの世界から、もっとも遠くて近い場所。一人きりの部屋へ籠《こも》ろうとしている。以前のように多くの貯金はない。生活に行き詰《づ》まったら、餓死《がし》でもなんでもすればいい。構うものか。そうだ、自分で命を絶《た》てばいい。

投げやりに考えながらも、一方で余村は自分がそんなことのできる人間でないのも判っている。またふらふらと社会に出てきて、職探しを始めたりするのだろう。その繰り返し、何度も何度も。

なんて無様《ぶざま》な人生だ。

急いでいた足はいつの間にかのろのろとしたものになる。先を急ぐOL風の女性に、あっさり追い越された。

ラッシュの時間は過ぎていても、駅は人が少なくなかった。食堂街からコンコースに抜け改札を潜る。いつもの道順でホームに上がった余村は、いつものとおりにホームの端を目指した。

人の数だけ『声』の聞こえる駅。人だかりの傍を通るだけでも苦痛だった。人気《ひとけ》のないホームの端に辿《たど》り着《つ》くと、ほっと肩の力が抜ける。不便な場所に置かれたあまり使われていなさそうなベンチに腰を下ろすと、余村は一つ溜め息をついた。

そう待たずに電車はやってきた。

到着を告げるアナウンスに俯《うつむ》いた顔を起こすと、向かいのホームに覚えのある背格好《せかっこう》の男が見えた。

余村は視力は悪くない。階段口から出てきた男は、手にしたものを見下ろし、立《た》ち塞《ふさ》ぐ人を避《よ》けながらこちらに向かって歩いていた。

もっとよく見ようとしたけれど、不意に視界は閉ざされた。

電車が入ってくる。長谷部らしき男の姿は見えなくなり、代わりにシャツの胸ポケットで携帯電話が鳴った。

長谷部からのメールだった。

『昨日はプレゼントありがとうございました。それからすみませんでした。さっきはそれを伝えたかったんです。

家に帰って、妹から誕生日のことを聞きました。俺を驚かせようと思って、余村さんに会ったのを黙ってたそうです。誤解してすみません。本当にすみません。謝っても謝りきれない』

ホームからは人が掃《は》かれたようにいなくなろうとしていた。電車へと詰め込まれていく。乗客の少ない最後尾の車両も、余村の前で扉を開いていた。

やがて扉が閉まる。僅かな振動音を響かせながら電車は動き出す。静けさに満たされたホームには、メールを一心《いっしん》に読む余村だけがベンチに残されていた。

顔を上げる。遠くで男もこちらを見ていた。向かいのホームの中ほどで列に並んでいた男は、じっと余村のほうを見据えた後、急《せ》いた様子で向かってくる。

ホームの端まで長谷部も辿り着き、余村のちょうど前に立った。

線路越しに見つめ合う。

余村は携帯電話を操作した。

『もう気にしてない。だから君も忘れてくれ』

男の携帯電話の鳴る音は届かない。けれどメールを受信したのは判った。すぐさま確認する長谷部は、お手玉しそうな勢いで電話を開いている。

返事が来た。

『気にしてないならどうして俺を避けるんですか？』

また返事を送った。

『避けてない。それに最初に避けるようになったのは君だろう』

メールのやり取りは、やがて会話というよりも諍《いさか》いじみた言葉の応酬《おうしゅう》に変わる。

『それは謝ります。許してもらうことはできませんか？』

『許すも許さないも、僕は実際妙な力のあるバケモノだよ』

『怒ってるんですね』

『怒ってない』

大人気《おとなげ》ないやり取り。画面から目を起こせば、長谷部も向こうからこちらを見ている。線路を隔てた距離は遠く、心の声は届かない。

『許してください』

再び届いた言葉の持つ意味を、余村に量《はか》ることはできない。

『今からそっちに行きます』

新たに届いたメッセージに、余村ははっとなる。

『もう放っておいてくれ』

『行きます』

『来なくていい。来たら、君の心を聞く。全部声にして読み上げる』

脅《おど》しだった。

長谷部は来れないだろう。もう本当に放っておいて欲しいと思った。返事は来ない。終わったと感じた次の瞬間には、『どうして返事くらい寄越さないんだ』と無茶苦茶なことを考えた。

線路の向こうを見る。長谷部は視線を落とし、手の中の携帯電話の画面を見据えていた。

その眼差しがもう一度余村に向けられることはなかった。

再び電車が入ってくる。男のいるホームへと。長い車両の帯《おび》はホームの先まで届き、そこにいる男の姿を瞬《またた》く間に覆い隠した。

人いきれを感じる車窓《しゃそう》が並ぶ。電車は混んでいた。余村とは反対方面のベッドタウンへ向かう電車は、先頭車両から後方までまんべんなく混んでいて、長谷部の姿を確認するのは困難だった。

ホームの人混みを一掃《いっそう》し、電車が出ていく。光の帯が離れたあとには、少し寂しいような光景が広がる。

そこに長谷部の姿はなかった。

落胆している自分がいた。自《みずか》ら遠ざけたくせに悔いていた。自分を殴りつけたい衝動に駆られながらも、そんな無意味な行いはできないと拒否する大人の自分もそこにいる。

閉じた携帯電話を握り締め、余村はベンチで項垂《うなだ》れる。いつの間にか余村のいるホームにはまた人が集まり始めていて、学生らしき若者の笑い声が遠くで響いていた。

余村は一人だった。取り残されたように孤独だった。

皆が他人の心の判る世界なら、きっと誤解されることも、疎外感《そがいかん》を覚えることもなかっただろう。どうして自分だけが、違う存在になってしまったのか。

人の心が判ればいいのにと、いつか願った。十数年前、あの子供心の祈りが本当にすべてのきっかけだったんだろうか。

だとしたら、もう一度願いを叶えてくれればいい。

余村は硬く目を閉じた。

——神様。

どこにいますか。もう、僕は誰の心も知りたくない。どうか聞こえないようにしてください。

神様。

もう一度、願いを叶えてください。

もう一度——

「…はは」

祈る余村の唇から、乾いた笑みが零れた。

これで願いが叶うだろうか。

もう一度…そう、また十年が過ぎる頃には。

余村は深く頭《こうべ》を垂れた。零れ落ちたものが革靴の先を湿らせる。ぽたぽたと落ちる涙は靴やアスファルトのホームを打ち、色を変えた。

泣いている自分が不思議だった。

最後に泣いたのは、もう忘れてしまうほど前だ。足元に落ちた涙の数をぼんやり数える。

傍に誰かが立った気配がした。

『…余村さん、来ましたよ』

はぁはぁと切れた荒い男の息遣いと、そして『声』が聞こえた。電車に乗っていなくなったとばかり思った男の、少しふて腐《くさ》れたみたいな『声』。

帰ったのではなかった。

余村は両腕で頭を抱《かか》え、さらに泣いた。次々と落ちた新たな涙に、途中まで数えていたアスファルトの雫の数は判らなくなる。

『余村さん、聞こえているんでしょう？』

男は無言で突っ立ち、自分を見下ろしていた。俯いたままの自分に、長谷部は『声』で語りかけてきた。

『昨日、聞こえる自分の気持ちが判るかってあなた言ったけど…あなたも判ってない。心を聞かれる俺の気持ちが、全然判ってない』

その『声』は怒っていた。

同時に、哀しげだった。

『嫌いならよかった。あなたを嫌いになれてたら、きっとなにを知られても怖くない。嫌いじゃないから困る。嫌いじゃないから、余村さんにマイナスの感情を知られるのは怖い』

「長谷部くん…」

顔を起こすと、長谷部は足元に立っていて、自分を揺るぎのない目で見下ろしていた。

「全部、声にして読み上げるんじゃなかったんですか？」

そう言って険《けわ》しい表情を緩める。余村は首を振り、思い出した。

「君が僕に好意を持ってくれてると気づいたとき、嬉しかったよ。君は男で…戸惑ったけどやっぱり必要とされるのは嬉しかった」

「心の声が聞こえなかったら、余村さんは俺には興味を持たなかったですか」

「…そうだね、たぶん」

素直に応える。長谷部が心で語ってくれたように、自分も偽りのない気持ちを見せたかった。

「君が好きになってくれたから、僕は君に惹《ひ》かれた。気持ちを知らなければきっと好きにはならなかった」

「余村さん…」

自分の上手く形にならない心を、この男の前に差し出して見せたいと思った。

その少しも整わない姿のまま――

「でも、君が僕をもう好きではないかもしれないと感じてからも、僕は君を好きになるのをやめられない。これは恋とは呼べないのか？　違うのか？」

見上げた先で男は黙って聞いていた。

自分の中にある、偽りも飾りもない気持ちを伝える。

「君が好きだよ」

言葉にすれば、あまりにそれは普通で、なんでもないと感じるほどに自分の想いに馴染《なじ》んでいて、本当にもっと早くに伝えていればよかったと思った。

長谷部の反応は、知りたいと考えるより早く訪れた。伸びてきた両手が肩に触れ、摑まれたかと思えば、そのまま長い腕に抱きこまれていた。

「は、長谷部くん…」

身を屈《かが》ませた男にベンチの上で抱き留められ、動揺する。

「人が見るよ」

構わない。そんな開き直りにも似た返事が『声』となって伝わってくる。

そして、長谷部の抱える自分への気持ちも。

『あなたが怖い。俺にはとても怖い』

流れ込んでくる。

想いは一つじゃない。

『でも…それでも、余村さんが好きです』

心は明確な形を持たない。恐れる気持ちも、自分を愛《いと》しいと思ってくれる気持ちも、長谷部の中に同時に存在していた。

余村はそろりと男の背に手を回す。

一つじゃない。心とはそんなものかもしれなかった。他人を否定し自分を否定し、そして肯定もする。愛するときもあれば憎むときもある。

傷つくのを恐れるあまり、自分はそれに気づけないでいたのかもしれなかった。

電車が数本、ホームに入ってきては出ていった。多くの人が目的地へと向かっていくのを、二人は見送っていた。

抱き合っていたのを誰かに見られたかは判らない。とりあえず今は、誰の目にもありふれた仕事帰りの男二人だ。わざわざホームの末端《まったん》のベンチに並び座った、物好きな二人。

ただ隣にいるだけで、特別な言葉はなかったけれど、余村はとても満たされた気分だった。

「そんなに先まで行ったら大変よ」

女性の呼びかける声がする。子連れの親子がホームの先までやってきて、小さな男の子は頂上を目指すように目を輝かせ、ホームの先に向けて駆けていく。

「戻りなさい」と追いかける母親が、小走りにベンチの前を通り過ぎた。

「…母さん」

余村は呟いた。

隣の男が首を傾げる。

「え？」

「いや、なんでもない」

ふと思い出したのは母の記憶。あのとき、母の心は果たして一つだったのだろうか。自分を疎《うと》ましく思う気持ちしかなかったのか。甘い考えかもしれないけれど、違っていたような気がした。

生温《なまぬる》い夜風が肌を撫でる。あのとき家の廊下で吹きぬけた春風のように、ベンチに座る余村を包む。

雨も止み、穏《おだ》やかな夜。余村の心もやけに穏やかだった。

「余村さん？」

隣の男がびっくりして背筋を正す。さっき抱きしめてみせた男とは思えない反応に笑う余村は、その肩に頭を凭《もた》せかけていた。

「少し疲れた。肩を貸してほしい」

遠くではしゃぐ子供と、母親の声が聞こえる。見上げる夜空に星はない。アスファルトのホームに花は咲かない。特別に美しいものはないけれど、余村には悪くない夜だった。

たとえ今日は見えなくとも、夜空の厚い雲の向こうに綺麗な星は存在している。

言ノ葉ノ星

こんな気分で表へ出るのは何年ぶりだろう。

晴れた日の多い五月。ゴールデンウィークの終わりに降った雨はなにかの間違いだったとでもいうように、連日好天《こうてん》が続いていた。突き抜けた青い空に、街路樹の若葉を微《かす》かに揺らす爽《さわ》やかな風は、まるで日曜の午後のような空気感で、今日が平日であるのを忘れてしまいそうだ。

自分が休日だからそう感じるだけだろうか。スーツ姿のサラリーマンも多く行《ゆ》き交《か》う駅のコンコースを抜けた余村《よむら》は、ロータリーの上の空をちらと見上げて頬を緩《ゆる》める。待ち合わせの場所はすぐそこだ。

長谷部《はせべ》に誘われたのは昨日の夜だった。店からの帰り際《ぎわ》に『明日は休みが一緒なので、映画にでも行きませんか？』と声をかけられた。

あの雨のゴールデンウィークから五日。自分からはどういうアプローチをしたらいいのか判《わか》らずにいた余村だが、明日は会えればいいのにと心密《ひそ》かに思っていた。

長谷部からの誘いが嬉しい。同性であるにもかかわらず、初めてのデートを前にした中学生のように、気持ちがそわそわと落ち着かない。落ち着かずに、ふらふらと浮き立っているのが心地いい。

駅に隣接《りんせつ》したコーヒースタンドに向かいながら、そもそも誰かと待ち合わせをするという単純な出来事すら、久しぶりなのを思い出す。人付き合いを避《さ》け、引《ひ》き籠《こ》もった生活を続けていた余村は友人たちともすっかり疎遠《そえん》だった。

店に着くと、約束の午後一時にはまだ十五分もあるのに長谷部は来ていた。

「長谷部くん、早いね」

出入り口近くのカウンター席に声をかけると、少し照《て》れ臭《くさ》げな顔で男は自分を見る。

「余村さんも早いですよ？」

そんな風に言われてしまうと、余村も同じ表情にならずにはいられなかった。気恥ずかしいような感情は、どこからともなく湧《わ》いてくる。正直、早く会いたいと思っていたからかもしれない。

予定していた映画まではあまり時間もなかったので、そのまま店を出て映画館に向かった。

平日ゆえに人気作にもかかわらず空《す》いていて、随分《ずいぶん》とゆったりとした映画鑑賞だ。サラリーマンで会社勤めだった余村は、当初週末が休みではない仕事に違和感を覚えたりもしていたが、こんなときはサービス業も悪くないなと思う。

三時間近くに及んだ映画が終わると、すでに夕方も近づいていた。少しぶらりと目的もなく周辺をうろついたりした後、二人は腹も減ったしと早い夕食をとるべく店に入った。

長谷部が選んだ店は、地下街に位置する定食屋だった。

「もっと小奇麗《こぎれい》な店がよかったですか？」

席に座ってからはっとした表情を見せる。初めて一緒に出かける男女であれば、もう少し気を回すところかもしれない。実際、余村は過去に女性をデートに誘うときにはそれなりに慎重に店を選んだりしたものだ。

けれど、こういうところが変に肩肘張《かたひじは》らなくていいなと思う。自然体でいい。すっかり寛《くつろ》いだ気分の余村は、注文をすませると『これからどうしようか』と長谷部に持ちかけた。酒を飲むような店ではないので、そう長居するはずもない。かといって、まだ帰りたくはない。

もうちょっと待って、居酒屋にでも行ってもよかったかと頭を巡《めぐ》らせていると、不意にテーブルの向こうで長谷部が背筋を伸ばす仕草《しぐさ》を見せた。

「あの」

「ん、なに？」

「余村さん、今日は話しておきたいことがあるんです」

改まった顔をするから、なにかと思った。実際、続いた長谷部の言葉は気軽な雑談などではなかった。

「俺と付き合ってもらえますか？」

「え…」

「これから…こうやって休みに会ったりとか、そういう付き合いをしてもらえますか？」

真顔で言う男を、余村はまじまじと見つめ返してしまった。返事に詰まるというよりも、ストレートに交際を申し込まれているという事実にただびっくりして動きが止まる。

定食屋の一角《いっかく》。店のもっとも奥まった位置にある、周囲も静かなテーブル席ではあったが、果たして長谷部はそれを考慮《こうりょ》して切り出したのか。

驚いて気が緩んでしまった。

『余村さん、引いてる。駄目《だめ》…だったかな』

すっかり意識の散漫《さんまん》になった頭に、長谷部の『心の声』が響いた。

「あ、駄目じゃないよ、そうじゃないんだ！」

慌てて口早に言ってから、しまったと今度は自分の失態《しったい》に焦《あせ》った。こんなときに『声』を聞いて、それを知られるなんて間《ま》が悪い。

「ごめん、今…ちょっと驚いて気が抜けて君の『声』を…」

「いいんです、気にしないでください。それより…返事、ちゃんともらえますか？」

困った顔も嫌な顔も、長谷部は一つも見せなかった。揺るぎない心。すでに心は一つに固まっているとばかりに余村を正面から見据《みす》えたまま、こちらがまごついてしまうほどに真剣な眼差《まなざ》しをして言う。

「余村さん、俺は今みたいなのも含めて…あなたといたいと思ってるんです。その、こないだ駅で言ってくれた余村さんの気持ちが本当なら、俺と付き合ってもらえませんか？」

「長谷部くん…」

すべてが長谷部らしかった。告白も、その内容も。男女だってなぁなぁのうちに付き合い始める者が少なくない中で、同性でありながらけじめをつけようとする男を、余村はやっぱり好きだと思った。

「…うん、僕も君が許してくれるなら一緒にいたい」

迷う必要のなくなった答えは、すぐに笑みと共に零《こぼ》れ出《で》た。


「部屋、来る？」

食事帰りにそれだけのセリフを言うのにどきどきする関係は初めてだった。

部屋に帰ったら茶を淹《い》れよう、いや酒のほうがいいかななどと、冷蔵庫のビールやツマミの存在を頭に思い浮かべたりしていたはずなのに、結局どれも不要になってしまった。

一息つこうと部屋のソファに腰を下ろせば、どちらからともなくキスをした。先ほどの言葉を確認するように、触れるだけのキスを繰り返す。しばらく押しつけてから離れた余村は、伏し目がちになりながらそっと口にした。

「…修一《しゅういち》」

恋人になったばかりの男の名前。長谷部が小さく息を飲んだのが判り、目蓋《まぶた》を起こして顔を見る。

「呼んだら…駄目かな？」

そう離れていない、二十センチほど先にある男の顔は、余村が見つめると僅《わず》かに紅潮《こうちょう》した。

「いえ、構いません。ていうか…嬉しいです」

はにかんで笑ったその顔に自然と手が伸びる。触れるとますます赤らんだ気のする頬。頬骨《ほおぼね》から顎《あご》のラインに指先を滑《すべ》らせた余村は、すっと引っ張られるみたいに身を寄せ、再びキスをした。

柔らかな唇を重ね合わせる。閃《ひらめ》かせた舌先で男の薄い唇の形をなぞった。深い口づけを促《うなが》す艶《なまめ》かしい仕草に、長谷部も応《こた》えて舌を伸ばしてくる。秘めていた湿《しめ》った器官を触れ合わせると、キスは一気に密度を増した。

長谷部の体の温度、求める熱。触れた場所から染《し》み入《い》るように伝わってくる。絡《から》ませ合《あ》い、探り合い、余村はいつしか夢中になって舌をくねらせた。

「…ん、ん…っ…」

互いの口の中まで確かめ合う。綺麗な並びだと思っていた長谷部の歯は、右の下の犬歯《けんし》だけ隆起《りゅうき》していて、そんな些細《ささい》な事実を知ったことすらなんだか嬉しく思えた。もっと知りたいとあちこちに舌を潜《くぐ》らせれば、お返しだとでも言うように、余村の口腔《こうこう》の深いところまで男の舌は潜《もぐ》り込《こ》んできた。

「ん…」

ざらりとした上顎《うわあご》の裏を奥までなぞられ、肩先が跳《は》ねる。ひくん、と余村が見せた反応に、男は『もっと』と続きを促すみたいに何度も同じところをなぞり上げた。

「……はぁ…っ」

息が震える。唇を離す頃には、肩先どころか指先まで震えており、気づけば長谷部のTシャツの裾《すそ》を固く握り締めていた。

乱れた呼吸に胸を喘《あえ》がせる自分を、恋人が眇《すが》め見ている。面映《おもはゆ》いその眼差しに、余村は眸《ひとみ》までゆらゆらと細かに揺らしそうになる。

「僕は…正直、誰かとこういう関係になることはもうないだろうと思っていた」

上がる息を整えながら、思わず吐き出した言葉に、長谷部は不思議そうな表情を見せた。

「どうしてです？」

「昔…付き合ってた彼女の『声』を聞いたんだ。『声』が聞こえるようになったのも、そのときが初めてだった」

三年前のクリスマス。生暖かな部屋で見た冷たい雪。すべてはあの朝から始まった。

何故《なぜ》、あの朝だったのか判らない。幸福なはずの目覚めだった。抱いた彼女の体はたぶん温かかったはずなのに、もうその感触も、その温度も覚えていない。あれからずっと余村は誰とも触れ合わずにいた。

「結婚するつもりだったんだ。でも、駄目だった。彼女は…僕のことを本当に好きじゃなかった」

言葉に詰まる。その先をどう言ったらいいのか判らず、ただあのときのたとえようのない寂しさや絶望感が蘇《よみがえ》ってくる。

「余村さん…」

長谷部は言葉にしなくとも察した様子だった。慎重な仕草で抱き寄せられた。軽く顔を仰《あお》がせ、少し上にある男の目を見ると、自然とまた体は引き合っていた。

見つめ合ったまま、戯《たわむ》れるようなキスをする。一対《いっつい》の鳥にでもなったみたいにいつまでも唇を啄《ついば》み合《あ》えば、背中に回っていたはずの男の手がするりと脇腹から腰に向かって滑り下り、余村は初めて身を引く仕草を見せた。

体に触れたがるその手のひら。

「嫌ですか？」

少し寂しげに問う男に、正直に告げる。

「…ダメなんだ」

「え？」

「その、してるときは頭がぼうっとしてしまって、『声』を聞かないでいる自信がない」

キスの合間だって怪しかった。

口づけに夢中ではっきりと聞いてはいなかったけれど、長谷部の『声』は届いていた気がする。

もう異性か同性かなんて関係がない。好きになった相手に、余村も触れたかった。触れたいと思ってくれるのなら、それに応えたかった。けれど、心まで覗《のぞ》きかねない自分が相手では長谷部が気持ちよく抱き合えるはずもない。

男は言葉を失って黙り込んでいた。余村は目を伏せる。やはり、そうまでして自分としたいと思うわけがない――落胆《らくたん》を拭《ぬぐ》い切れずにそう答えを出しかけた頃、長谷部はぼそりと言葉を発した。

「幻滅《げんめつ》、しないでくださいね」

「幻…滅？」

「心の声って聞かないでいるほうが余村さんにとって大変なんでしょう？　だったら…こういうことするときに、そっちに気を張ってるのって自然じゃないと思います」

男の指先がすっと前髪を梳《す》くように動いた。始終神経を高ぶらせ、懸命《けんめい》に意識の壁で『声』を塞《ふさ》ごうとしている余村の頭に触れる。

それは最初から聞いていていてもいい、ということなのか。

「…いい…のか？」

ぎこちなく確認する声に、長谷部は少し笑った。

「だから、幻滅しないでくださいねって」

「君に幻滅なんて…」

唇が触れる。再び、その手のひらも余村の体のラインを辿《たど》り始める。余村は逃げようとはしなかった。女性みたいに扱《あつか》われるのはやはり妙な気がしてならないが、もう避けようとは思わない。

「……ん…っ」

シャツのボタンを外し、肌の隠された部分を露《あら》わにしながら触れる手の感触。白い腹から、ベルトのかかったパンツの縁《ふち》へと滑り下りる。余村の体の中心は、繰り返す口づけで淡い熱を帯《お》びていた。

深呼吸のような長く細い息をつく。

『余村さん、感じて…勃《た》ってる』

心を緩めれば、途端に流れ入ってくる男の『声』は、遠慮がちな手のひらと同じく最初はぎこちなかった。

『体、綺麗…あ、これも聞かれて…でも、触りた…いや、ちが』

自分の奇妙な力を、長谷部がなにも知らないでいた以前の触れ合いとは違う。長谷部の心は揺らいでいた。本音、それを否定する言葉、肯定《こうてい》する言葉。様々な『声』が交錯《こうさく》する。けれど、しばらくすると次第にコツでも得たかのように、長谷部の心の揺れは凪《な》いでいった。

「…うっ…」

余村は息を飲む。ファスナーの降りたパンツから、下着を押し下げられて露わになった余村のそれに男の指先が絡《から》みつく。緩く反《そ》り返《かえ》っていた性器は、ゆるゆると上下する指の動きに合わせ、歓喜したみたいに膨《ふく》らみを増した。

「…ん、ふっ…ぁっ…」

ぶるっと頭を振る。思わずソファの上の腰が引けそうになる。

「あ…」

『余村さん緊張、してる』

「う…」

『可愛《かわい》いな。先っぽ、感じやすいんだ。可愛い。ピンク色、濡れてぴくぴくして…』

開放した長谷部の心の声。たどたどしくもある短い『声』の羅列《られつ》。人は普段、難しく文立《ぶんだ》てて物事を考えているわけではない。頭の中は皆、子供のように言葉も感情も素直だ。

他意のない男の剝《む》き出《だ》しの心に羞恥心《しゅうちしん》を煽《あお》られ、追い詰められて頭を熱くさせるのは余村のほうだった。

「そ…れ、やめてくれ…」

連《つら》なる恥ずかしい言葉。『声』に反応して男の手の中で形を変えるものに、羞恥は一層《いっそう》募《つの》る。

「なにを？」

「か…わいいとか、い、色とか…」

「自分じゃどうにもできません」

確かに心の中ばかりは自分ではどうにもならない。

長谷部はふっと笑った。案外《あんがい》、肝《きも》が据わっているのかもしれない。普段からマイペースなところもある男だ。

「ぼ、僕も…僕にもさせてくれ」

「余村さん？」

「僕も、君を気持ちよく…させたい」

逃げでもなく、本当の気持ちだった。

いつの間にか、以前の夜をなぞるように、隣り合ったソファで自然と互いの熱を慰《なぐさ》め合《あ》っていた。ジーンズの内に隠されていた長谷部のものは余村と同じく昂《たか》ぶっていて、触れれば触れるだけ反応を見せて張り詰める。

長谷部のは長い。長くて、自分のよりも強張《こわば》りが強い。感じる場所も少し違っていて、余村はそれを指先の感覚よりも、頭で知ることになる。

濃密になる空気。吐きつける吐息で部屋の空気を湿らせながら、長谷部の『声』を感じ取る。

「…ずるいな、余村さんは」

男は余村の首筋の辺りに唇を彷徨《さまよ》わせながら、掠《かす》れた声を発した。

「ずる…って、なに…がっ？」

「だって俺のいいところも、すぐ判ってしまう。俺はこん…なに、あなたのこと知りたくて必死…なのに」

「けど、それは…あっ、あっ…」

尖端《せんたん》の濡れた割れ目を爪先《つめさき》がくじるように刺激し、ソファの上の腰が弾《はず》む。恨みがましい目で男の顔を覗き込もうとすると、酷《ひど》く熱を帯びた『声』が余村の意識を掻《か》き分《わ》けるように入り込んできた。

『…欲しい、余村さん』

頭の芯《しん》まで震わすような声。

『欲しい、欲しい。この体の中に…入りたい』

なにを求められているのかは、男同士の経験などなくとも判った。

狂おしいほどの欲求。あるはずの動揺は不思議なほど感じられず、突《つ》っ撥《ぱ》ねる気は起きなかった。

『声』を聞いているからこそかもしれない。嫌悪感も、躊躇《ためら》いも、打算や駆け引きのない純粋な求めの前には抱く暇《ひま》もない。

「…いいよ」

肩口に埋《う》まる男の頭が、動きを止めた。

「余村…さん？」

「しよう。上手《うま》くできるか…判らないけど」

熱を帯びた体から、邪魔な衣服を自《みずか》ら取り払い始める。呆然と見ている男の視線に居心地の悪さを覚えながらも、余村は羽織《はお》った状態のシャツだけを残し、妨《さまた》げになりそうな服も下着も潔《いさぎよ》く足先から引き抜いた。

長谷部を喜ばせたい。ただ、それだけだった。

「…っ…」

どうやったらいいものかよく判らないままソファに乗り上がり、男の腰を跨《また》いだ。萎《な》える気配はない長谷部の屹立《きつりつ》。張り詰めたものをその場所にあてがおうとする。

「余村さ…待って、慣らさないと無理です」

「どう…やって？　どうしたら…」

剝き出しの腰を抱き寄せるように、男の手のひらがするりと滑った。

「あ…」

狭間《はざま》をそっと割る指先の感触に、余村はついた息を震わせる。長谷部の指は濡れていた。自分がその手を濡らしていたからだと思い当たれば、呼吸は一層細かに震え出す。

薄い肉を分ける指。余村の肌をざわめかせる。浅い谷間をぬると滑り、余村自身ですらもよく知らない道筋を辿り、そこへと行き着く。場所を確かめるみたいに窪《くぼ》みを探った指先に、ソファについた膝《ひざ》が微かに戦慄《わなな》いた。

「…あ、や…」

反射的に拒《こば》みそうになる声が漏れる。けれどそれは、数文字の意味を成さない音を結んだだけで、吐息へと変わった。

「…ふっ…ふ…ぅん…」

耳を塞ぎたくなるような声。甘えて許しを乞《こ》う子犬のような声が鼻から抜けた。閉じているべき場所をずるりと割り開かれていく感触は、心許《こころもと》なくて泣きたくなるような異物感だった。

「あ…っ、あ…」

「痛い、ですか？」

判らない。判らないけれど、体に力が籠《こも》らない。

余村は長谷部にしがみついた。両手で肩にしがみつき、ゆらりと頭を左右に振る。

「痛くない？　でも、すごく…狭い。あんまり動かせそうもない感じです。俺のは…今日は無理だと思います」

「でも…」

「そんなに急がなくても俺は待てます。少しずつ、俺のことも受け入れてもらえたら嬉しいかな…なんて」

「長谷部く…んっ、あ…んっ」

『あぁ…ちゃんと、感じるんだ…』

淡々《たんたん》とした口調とは裏腹に、長谷部の『声』は酷く熱《ねっ》ぽかった。言葉が、体の奥に入り込んでくる。身の内から、頭の芯から、揺さぶられる。埋まる指が小刻《こきざ》みに揺り動かされるだけで、さざなみのような快感がじわじわと余村を浸食《しんしょく》した。

「ん…んっ、そこ変…」

力が抜ける。膝立って腰を浮かせていることすらままならず、へたりと腰が重力に負ける。

「あぁっ…」

余村は喉を反り返らせた。どこだか判らない場所が、深く飲み込んだ長谷部の長い指の節《ふし》に刺激され、ぶわりと快感が溢《あふ》れ返《かえ》る。それは単なる感覚だけでなく、覚えのある濡れた感触を下腹の張り詰めたものに伴《ともな》い、反らせた余村の白い喉元を震わせる。

『すごい。濡れてる』

「ん、や…」

「余村さん、気持ちいいですか？　俺の指…締めつけてる」

『中も、すごく感じてる』

逃れられない。言葉が思考を麻痺《まひ》させていく。ゆるゆると抜き差しを始めた指のように、長谷部の言葉は余村の心を掻《か》き乱《みだ》しては、うずうずとした熱を埋め込んで溶かし出す。

「…あ…ふ、ん…んぅっ…」

「一緒に…イケますか？」

「…ん…？」

「俺に、させてください」

「ひ…ぁっ…」

欲望が触れ合う。互いの腹の間でそそり立ったものを、長谷部は重ね合わせてその手に握り込んだ。

生々《なまなま》しいその感触に、それだけで達してしまいそうな身震いが体の奥深いところから湧き上がってくる。揺り動かされる穿《うが》たれたままの指に、余村は淫らに声を震わせた。一纏《ひとまと》めにされた昂ぶりだけでなく、体の内で知る初めての悦楽に、腰が重たくなっていく。

「あ、だ…めだっ…」

「…余村さん、一緒に…っ」

「待っ…あっ、あっ…」

顔を伏せた長谷部の肩口で、ぶるぶると頭を振った。癖《くせ》のない余村の髪は、男の首元をさらりさらりと擽《くすぐ》って、余裕がないのを知らしめる。

長谷部の触れる場所のすべてが、体温が何度も上昇している気がした。どこもかしこも、熱っぽい。解放される瞬間を焦《こ》がれる、ずっとこのまま焼かれていたいような熱――

「あふっ…あっ、待て…まっ」

ひくひくと腰が前後に揺らいだ。本能的で物欲しげな動きに、また長谷部が耳を塞ぎたくなるような『声』を響かせる。

『あぁ、もういっちゃいそうなんだ。腰、揺れてる…余村さん、感じてる。メチャクチャ…いやらしい』

羞恥と快楽。心と体に同時に与えられる甘い責《せ》め苦《く》に、余村は啜《すす》り喘いだ。男の体に取《と》り縋《すが》り、どうにか卑《いや》しい動きを堪《こら》えようとするものの、余計に反応を引き出そうと前も後ろも大きく動かされ、すぐそこに迫る絶頂感に悶《もだ》えるだけだった。

堪えた嬌声《きょうせい》も意味はない。長谷部の手のひらが上下する度《たび》弾けるその音。沈黙を埋めるように、くちゅくちゅと卑猥《ひわい》な音が触れ合わさった場所から響く。

『見たい』

「余村さん…顔、見せて？」

そろりと顔を起こす。淫《みだ》らに火照《ほて》った顔で男を見下ろせば、長谷部もまた情欲を滲《にじ》ませた表情をしていた。

「修…一、もう…イキそう」

「ん…俺も、あと少しで…」

「んっ、ん…ぅ…」

零れる声。手のひらでそれを封じ込めようとする余村に、男は熱っぽい声で囁《ささや》いた。

「余村さん、声…聞かせ、てください」

鼻先が触れ合う。互いの吐息が唇を掠《かす》め合《あ》い、覗き込んだ眸にくらりと目が回ったのは、近すぎたためか、届いてきた『声』のためか判らなかった。

『もっとあなたの声が聞きたい』

「は…あ、んっ…あ…」

『余村さんの淫らな声が聞きたい。俺を…欲しがる声が聞きたい』

まるで言葉で愛撫《あいぶ》されているかのようだった。

柔らかく弛緩《しかん》した頭を、愛《いと》しく思う男の『声』に優しく乱される。飾り気のない言葉が、次々と注《そそ》がれていく。

「ん…あっ、あっ…」

『好き』

「好き…です、余村さん」

『和明《かずあき》。和明さん、好き』

「…修、一っ…あ、あぁっ…」

脳裏《のうり》で小さな火花が散った気がした。長谷部の『声』に点火されたように、いっぱいに湛《たた》えていたものが爆《は》ぜ、余村は色めいた声を上げた。

ぶわりと熱が溢れる。長谷部も達したのかなんて判らなかった。ひくひくと腰を揺らめかし、その大きな手のひらを熱いもので濡らしながら、余村は気持ちも溢れさせた。

「僕も…僕も君が、好きだ…」

その瞬間、体は繋《つな》がれていなくとも、長谷部が自分の中にいるような気がしていた。

「今夜、泊まっていかないか?」

そう言葉にしたのは、汗ばんで不快な体をどうにかすべく、バスルームに収まったときだ。

長谷部をシャワーに誘った。狭い洗い場で並んで体を流すうち、また熱が蘇ってきて体を触り合ったりもした。

同性だけれど、自分を欲してくれる男。優しくて生真面目《きまじめ》で、少し不器用でもその心は真《ま》っ直《す》ぐで美しい。通じ合った途端、まるで箍《たが》でも外れたみたいに長谷部が愛しくて、もっと傍《そば》にいたいと思い、泊まるよう勧《すす》めた。長谷部は少し迷っていたけれど、家に電話をして余村の勧めに従った。妹に戸締《とじま》りを念押《ねんお》ししている姿が母親みたいで、微笑《ほほえ》ましくてちょっと笑ってしまった。

一緒にテレビを見て、ビールを飲んで、眠りにつく前はベッドでまた少し戯《たわむ》れた。結局その晩はやはり最後まですることはなかったけれど、手や…そして唇を使っての愛撫は、重ねるごとに互いへの気持ちを深めていく感じがした。

五ヵ月ほど前まで、言葉もほとんど交わしたことのなかった相手が、唯一無二《ゆいいつむに》の存在に変わっていく。

長谷部は『夢のようだ』と語った。話す言葉ではなく『声』だったけれど、どちらでも同じだ。長谷部の許しを得て緊張から解き放たれた余村は、唇から発する言葉も、ぽっと男の心に灯《とも》る言葉も、すべて同じに聞き取った。

恋心。好きだ、好きだと、何度も祈るように繰り返す男に、余村は一晩中言葉で抱かれていた。その想いに埋もれる。自分が作り変えられていくような…なにかとても気持ちのいいものでいっぱいに浸《ひた》されていくような、幸福な夜だった。

ふっと目覚めたのは、夜が明けて間もない頃。天井が白かった。部屋はブラインドの隙間から差し込む光でぼんやりと明るくなっており、余村は真っ直ぐに天井を仰いでいた。

まだ随分と早い時間なのは、明かりの具合からも、表の静けさからも窺《うかが》えた。夜明けの早い季節だ。気短になった太陽だけが早くも顔を出し、まだ人影もない路地《ろじ》を照らし出しているに違いない。

淡く白い光。ウッドブラインドの隙間から、すうっと部屋の中へと伸びて拡散《かくさん》する光の帯《おび》。どことなく現実感のない、気だるげなその光景に、余村はいつか見たホテルの朝の窓辺を思い出した。

いつかの朝——余村は思い起こそうとして、傍《かたわ》らから聞こえてくる微かな寝息に気を取られた。

寝返りを打つ。隣を見ると、長谷部はよく眠っていた。ベッドはセミダブルだが、二人並べばゆとりはほとんどない。目線のすぐ先にある男の横顔は、なにか夢でも見ているのか唇が僅かにふにゃふにゃと動いていて、やがて薄く開いた形に収まった。

気の抜けた表情がなんだか可愛らしい。そういえば五つ…いや、四つも年下だったのだと、再確認したりする。

二十五歳になったばかり。本来なら、妹の心配などせずに自由気ままな独身を楽しんでいる時期だろう。少なくとも、自分はそうだった。

温かい。唇に触れてみると、寝息が指先を掠めた。

ちょっと突いてみるだけのつもりが、それだけでは物足りなくなり、余村は肘《ひじ》をついて身を起こすと、そっと唇を押し合わせてみた。

「ん…」

眠りは浅いほうなのか目蓋が震え、ゆっくりと開かれた男の眸と目が合う。

余村は笑《え》んだ。

「おはよう」

長谷部は開いたばかりの目を数度瞬《まばた》かせた。

「お…はようございます」

「ごめん、起こしてしまったね」

「いえ、今何時…」

時計を探して首を捩《よじ》る男に、余村は六時過ぎだと教えた。長谷部が目を向けようとしたのとは反対方向にある壁時計が、ちょうど視界に映っていた。

「今日は一緒に出勤だね。朝食は僕はいつもパンなんだけど、君もそれでいいかな？」

「あ…はい」

「ん…でも、まだ早いな。もっと寝てたらいい」

「余村さんは、どうするんですか？」

目が覚めてきたのだろう。肘をついて上体を少し起こしたまま見下ろし続ける余村に、長谷部は問う。

「そうだな、僕は…君の顔を見てる」

余村の口からはそんな言葉が飛び出した。自分のほうがまだ寝ぼけているのかもしれなかった。

「えっと…」

長谷部は困惑した表情だ。呆れられてしまったかと照れ笑いを浮かべた余村は、奇妙な感覚を覚えた。なにかあるべき音が抜け落ち、聞き取れずにスキップでもしているかのような違和感。

静かだった。早朝の路地も、淡い光に包まれた部屋も、そして余村の頭の中も——

「余村さんって、結構…付き合うと甘い人なのかな。もっとクールな人かと思ってました」

ふっと笑った男の声は、確かに耳に聞こえていた。けれど、男が唇を閉ざした途端、部屋は無音になる。

「…聞こえない」

「え？」

自分でも、状況をあまり把握《はあく》できていないまま言った。

「『声』が聞こえなくなってる」

夢の出口を見つけた。

まるで悪い夢から覚めたような…いや、いい夢に紛《まぎ》れ込《こ》んでしまえたような、目に映るものすべてが輝きを取り戻す日々が続いていた。

「えー、チラシまだあるんですか～？」

店に入ってすぐのパソコンコーナーで、いかにも不満そうな声を発したのは、週末だけ働く学生バイトだ。午後に入って表でチラシ配りを任されていた彼女は、新たに渡されたチラシにうんざりといった表情を隠しもしない。

「ごめんね、もう少し頑張《がんば》ってきてもらえるかな」

ゴールデンウィーク前から入っているバイトだが、暇さえあれば余所《よそ》のコーナーに入っているバイトの友人と通路で喋《しゃべ》り捲《まく》っている。

勤労意欲ゼロ。年末に来ていたバイトといい、店長の採用基準には首を傾《かし》げざるを得ない。

まさかスカートの短さや化粧の濃さで選んでいるのではないだろう。

「そうだね…さっきのは配り終えるの随分《ずいぶん》早かったけど、大変なら僕も手伝うよ？　少し客足も落ち着いてきたところだから…」

余村《よむら》がちくりと刺すと、不満げな彼女は焦《あせ》った表情で即答《そくとう》する。

「い、いえ、一人で大丈夫です」

正直、捨ててやしないかと疑っていた。

「そう？　じゃあ、後で様子を見に行くよ。頑張ってね」

ダメ押しの一言に、彼女は奪《うば》い取《と》るような勢いでチラシを抱えて出ていく。

やれやれ、だ。

さぞかし胸の内でクソオヤジと罵《ののし》られ、悪態《あくたい》をつかれているに違いない。けれど、もっと酷《ひど》い暴言を吐かれていたとしても、今の余村はそれにげんなりする必要はない。彼女の本心は知らずに過ごせる。

バイトを送り出す余村は、自然な笑みを浮かべたままだった。

『声』は聞こえない。

三年と五ヵ月前、突然人の心の声が聞こえるようになった余村は、また突然に元の自分に戻った。長谷部《はせべ》と過ごした朝から八日が過ぎても、『声』は聞こえなくなったままだ。

長谷部のほうが怪しんでいた。何年も続いたのだから、また戻りはしないかと心配してくれたけれど、余村はこのまま落ち着く予感がしていた。今まで『声』が治まることは片時《かたとき》もなかった。それがぱたりと止《や》んだのだ。単なる一時的なものとは思えない。もしそうだとしても、元に戻ることができると判《わか》ったのだ。

まさか願いが叶《かな》ったのだろうか。駅のホームで、もう一度願いを叶えてほしいと『神』に祈った。

誰の心も知りたくない。どうか聞こえないようにしてほしい――

『神』はいつだって気まぐれな存在だ。前は十年以上もかかった願いが、今度はたったの五日で成就《じょうじゅ》されたのか。

正直、理由なんてどうでもいい。

余村は浮かれていた。四六時中頭を悩ませていた耳鳴りが治まり、頭痛が失せ、しゃっくりが引っ込んだかのような爽快感《そうかいかん》。体はふわふわと雲の上でも歩いているみたいに軽く、目に映るあらゆるものが輝きを取り戻した。

意味もなく笑ってしまいそうなほど、日々が楽しい。

「なんか…いいことでもあったんですか？」

反《そ》りの合わない社員の男にまで、こんな風に言われてしまうぐらいだ。

「あ…いえ、すみません。今のうちに休憩《きゅうけい》もらいます」

午後二時。昼食をまだ取っていなかった余村は断りを入れて休憩時間に入った。長谷部はまだ取るつもりもないのだろう。通りかかった生活家電コーナーで目にしたのは、熱心に接客をしている姿だった。

弁当を表に買いに行き、休憩室に向かう。

「あ、おつかれさまです！」

中にいたのは、長谷部と同じコーナーに先週配属されたばかりの女性社員だ。

「あぁ、おつかれさまです」

「これから食事ですか？　ちょうどよかった、お茶一緒に淹《い》れますね。えっと…」

「余村です」

「あ…そうでした、余村さん。ごめんなさい、なかなかみなさんの名前が覚えられなくて」

彼女が目を凝《こ》らして確認しようとしていたのは、シャツの胸元の名札だ。余村は笑みを浮かべ、彼女が茶を淹れているすぐ傍《そば》のテーブルのパイプ椅子を引いた。

「覚えようとしてくれるだけでも嬉しいよ」

フォローではなく、その通りだった。従業員の多い店舗《てんぽ》で、他コーナーの者の名まで積極的に覚えようとする姿は珍しい。余村はただの契約社員でもある。

さすがに社員で入るだけあって、バイトと違いまともな女性だ。第一印象から感じがよかった。年は若く、二十代前半といったところか。先ほどの学生バイトとそう変わらないはずだけれど、清潔感のある肩ほどの長さの髪型や主張し過ぎない化粧、なにより明るい笑顔での気配《きくば》りは好ましい。

「あぁ、ありがとう…原野《はらの》さん」

差し出された湯飲みを受け取りながら、『原野』と書かれた彼女の真新しい名札を余村は目にした。

　こんな女性社員なら、どこのコーナーでも大歓迎だろう。長谷部も仕事がやりやすくなるに違いない。真面目が祟《たた》り、とっつきにくいだの苦手だのと言われていたりもする男だが、そんな長谷部のよさを理解してくれる子であればいいと思う。

　お節介《せっかい》も甚《はなは》だしいだろうか。

　受け取った茶を一口飲んだ余村は、開かれたドアに背後《はいご》を見る。

「あぁ、いたいた！」

　入ってきた若い男は、自分に目を止めるなり言った。

「余村さん、店長が探してましたよ。食事中なら後で事務所に寄るように言ってくれって」

　店長に伝言を頼まれたらしい。呼びつけられるようなことがあっただろうかと、余村は首を捻《ひね》る。

　席に座ろうとしていた彼女は、今度は新しく入ってきた男に向けて笑顔で言った。

「あ、おつかれさまです。お茶淹れましょうか？」


　余村が長谷部の家を訪《たず》ねることになったのは、揃《そろ》って早番シフトの夜だった。

　以前の男の件の礼がしたいと、妹の果奈《かな》から家での夕食に招《まね》かれた。礼を言われるようなことはしていないと思ったけれど、彼女が吹っ切れたのは嬉しく、二つ返事で誘いに乗った。

「あれ、余村さん、なんだか雰囲気変わりました？」

午後七時過ぎ。いつになく店は急いで上がって訪ねた家で、長谷部の妹の果奈は開口一番《かいこういちばん》そう言った。

「変わった…そうかな？　夏服のせいかもしれないね。今日は呼んでくれてありがとう。これ、お土産《みやげ》」

「うわぁ、なんだかかえって気を使ってもらってすみません」

余村は手に提《さ》げた箱を渡す。駅で立ち寄り買ってきたのは、女性に人気で有名な店のケーキだ。

「余村さん、気が利《き》いてる…兄と親しくしてくれてる人とは思えませんね」

「一言余計《よけい》だ、果奈」

早くも劣勢《れっせい》の長谷部が不貞腐《ふてくさ》れた声を出す。

余村は思わず笑った。家へと上がらせてもらい、居間に入って驚く。テーブルにすでに並べられている食事は、三人で食べきれるとも思えない、ちょっとしたパーティでも始まりそうな量だ。

「すごいな、これ全部君が？」

「今日は有休使ったんで、時間がたっぷりあったんです」

「え、わざわざこのために有休を？」

「このためだけじゃないですよ～。昼はお買い物もしたかったんで、ついでです。それに余村さんも兄も、土日のお休みは少ないでしょう？」

「それはそうだけど…なんだか申し訳ないな」

どこに座ったらいいものか判らず、テーブルの前に突っ立ち迷っていると、長谷部がテレビの向かいの席を勧《すす》めた。

「妹は料理が趣味なんで、気にしないでください」

「お兄ちゃんに言われるとちょっと嫌なんだけど？　じゃあ…とにかく食べましょ。余村さん、座って座って、おなか空《す》いちゃってもう」

「あぁ、そうだね。待たせて悪かったね」

余村は小さく微笑《ほほえ》んだ。食事を始めてからも、度々《たびたび》入る兄妹の遠慮のないやり取りになんだかほっとする。

一人暮らしの長い余村は、こうして複数の人間でテーブルを囲《かこ》む習慣がない。恋人がいた頃には手料理を振舞《ふるま》われたこともあったが、家族と一緒に、なんて経験はないままだった。

いいものだなと思う。果奈の料理も美味《おい》しいが、なにより雰囲気がいい。

余村は食事の間よく笑った。果奈の話に相槌《あいづち》を打っては笑い、点《つ》けられたテレビの内容を見ては笑い――

「余村さん、やっぱり…なんだか雰囲気変わったみたい」

ふと気がつけば、果奈が箸《はし》を動かす手を止め、向かいの席からじっと見ていた。

「そう？」

「うん。前はもっと…大人の男の人っていうか、ちょっと暗っぽい感じでしたもん。お兄ちゃんと付き合って、感化《かんか》されたとかですか？　一応、兄はまだ二十五ですし」

「はは、『一応』は余計だよ。じゃあ、僕は老《ふ》け込《こ》んでたってことかい？」

苦笑する。けれど、彼女の指摘は的外《まとはず》れではないのだろう。『声』が聞こえなくなったおかげで、様々なことに積極的になれるようになった。こうして食事を美味しく味わえるのも、そのせいもある。

以前であれば、果奈に気を使って『声』を聞かないよう意識を余所《よそ》に集中させていなければならなかった。それでもふっと気が緩《ゆる》んだ途端に耳にしてしまい、今度は罪悪感に責めさいなまれたりと忙しく、食事の味は二の次になっていた。

今は食事も会話も、テレビだって自然に楽しめる。毎朝鏡を見れば、心なしか以前より眸《ひとみ》を輝かせている自分が映っている。

「老けてたっていうか、余村さんには大人の落ち着きみたいなのが感じられたから…まさか彼女の影響とかですか？　年下の恋人でもできましたか？」

果奈がテーブルに身を乗り出す。自分の思いつきに興奮したように彼女は声を高くし、反論したのは長谷部だった。

「そんなわけないだろう」

「ちょっと、なんでそこでお兄ちゃんが否定するの？　余村さん、素敵だもの。恋人ぐらいいるに決まってるじゃない」

「余村さんの…恋人の話より、おまえは自分の話をしたくて来てもらったんじゃないのか？」

長谷部は憮然《ぶぜん》と言い、余村は首を捻る。果奈はどことなく決まり悪い表情を見せる。

『えっと』と何度か言葉を濁《にご》したのち、彼女は背筋を伸ばし、余村もつられて僅《わず》かに姿勢をよくした。

「実は新しい彼ができそうなんです。同じ会社の人で…付き合ってるっていうか、まだ友達なんですけど」

「え…本当に？　そうなんだ、よかったね！」

突然のことに驚いて上擦《うわず》った声になるも、彼女ははにかんだ笑みを浮かべた。

「前から何度か食事に誘ったりしてくれてた人なんです。一緒に出かけてみたら、思った以上に優しくて気の合う人で…余村さんには報告しておきたいなって思って。前の彼とのこと…余村さんには心配をかけて、気にかけてもらったから…」

「それは僕がお節介だっただけだよ。でも、嬉しいな。うん、教えてくれてありがとう…あぁ、長谷部くんは複雑な気持ちかもしれないけど」

悪い虫が消えたかと思えば、三ヵ月足らずでもう新しい男の出現。可愛《かわい》い妹だからモテるのは当然としても、今まで守ってきた立場としては気が気でないだろう。

けれど、長谷部の反応はいつかと同じくクールだ。

「俺は…前にも話してましたとおり、いい人であれば果奈にはすぐに結婚してもらったって構わないと思ってますから」

果奈が隣で溜め息をつく。

「その、『いい人』っていうのが簡単そうで難しいって知ったんだけど…ね。それに、あのときのお兄ちゃんの剣幕《けんまく》目にしたら、『いい人』だって逃げちゃいそう」

あのとき長谷部は、男に殴《なぐ》らせろと言ったと話していた。

どんな風に怒ったのだろう。怒気《どき》を漲《みなぎ》らせた長谷部は想像ができない。けれど、いくら普段素《そ》っ気《け》なく振舞っていても、家族である妹を大切に思っているのは間違いない。

よかった。心からそう思う。なんていい夜だろうと、また頬が緩み出すのを余村は止められなかった。

「余村さん、ご機嫌《きげん》ですね」

酒は食事中に嗜《たしな》んだビールだけだったにもかかわらず、鼻歌でも歌い出しそうな調子で余村は家の二階へ続く階段を上っていた。

「うちの階段は急だから危ないですよ、ほら」

つるり。言われた傍から、階段の縁に靴下の足が取られそうになる。背中を支えられ、余村は確かに浮かれ過ぎている自分を感じた。

「今日は悪かったね、果奈ちゃんにはわざわざ休みまでとってもてなしてもらって」

果奈のいる階下の台所からは、後片づけの洗いものの音が響いている。

「いいんですよ。あいつも楽しみにしてましたし、料理作っても食べるのが俺ばかりじゃ張り合いがないんですよ、きっと。それに…あいつもどうせ週末だとデートで忙しいですから」

二階に着くと、長谷部は先に立ち、手前の部屋のドアを開いた。

「どうぞ」

「へぇ…ここが君の部屋か。結構《けっこう》、綺麗にしてるんだね」

長谷部の部屋。前に酒を飲みに来た際は目にすることもなかったので、見てみたいと余村から言い出したのだ。

味気ない部屋かもしれない。ベッドに本棚に小さなテーブル。オーディオやパソコンも揃っているが型は新しくない。質素というほどではないが、物には固執《こしつ》しなさそうな部屋で長谷部らしいと思った。

ソファはないのでベッドの端に腰かけてみる。

「明日休みだったらよかったですね」

「そうだね…今月はもう一緒の休みもないから残念だな」

「余村さん、そういえば仕事のこと…どうするつもりなんですか？　本当にもう辞《や》めてしまうんですか？」

「あぁ、それなんだけど…君に相談したいと思ってたんだ。実は、店長から考え直してくれないかって言われてて…」

ちょうど自分もいつ言い出そうかと思っていた話だ。

数日前、店長の増岡《ますおか》に昼食後に呼び出されたのは、退職についてだった。

『今まで気づかなくて悪かったよ』

そんな顔で男が持ちかけてきたのは社員登用《とうよう》の話で、どういうわけか以前の誘いより心持ち条件もよくなっていた。増岡は余村の突然の退職願を、景気《けいき》もよくなりもっと条件のいい働き口がいくらでもあるからだと思ったらしい。

水面下でこっそりと本社の人事部に掛け合い、好条件を了承させたというのだから、感激すべきなのか勘違いに呆《あき》れていいのか判らなかった。

正直、戸惑っていた。

四日が過ぎ、あれこれと一人で悩んではみたが結論は出ていない──というより、出ているのに認めようとしないでいる。

余村は好条件を出されて社員にならないかと誘われていると、長谷部に打ち明けた。

今更取《と》り繕《つくろ》っても仕方がない。元々、過去にも二度あった社員への登用話を断ってきたのは、人の中で上手くやっていける自信がまだなかっただけだ。そして、先月辞めると言い出した理由も、人付き合いに自信喪失《そうしつ》したため…長谷部といるのが辛《つら》くなったから、ただそれだけだった。

「…みっともない話だろ。いい年してそんな理由で辞めるだの、やっぱり働きたいだの」

『声』が聞こえなくなった今、仕事に不安も不満もなく、なにより長谷部の顔を見られる環境は嬉しい。

まるで学生みたいな理由だなと思う。恋人と一緒の学校に行きたいとか、同じクラスになりたいとか、実際余村も中高生の頃には考えた。十年以上も前の話だ。

隣に座った男は、そんな子供っぽい感情を否定しなかった。

「いいんじゃないでしょうか。どんな理由でも、余村さんが残ってくれれば店は助かるんだし…それに俺も嬉しいです」

横顔を見る。嬉しいと口にしたその顔は言葉ほど甘い表情ではなく、照れているのかこちらを向いてもいなかったけれど、余村は鼓動《こどう》が高まるのを感じた。

胸が変に弾《はず》む。久しぶりの恋だからだろうか。年を取れば嫌でも色恋ごとにも慣れ、良くも悪くも落ち着いていくものと思っていた。実際、余村はそうして幾人《いくにん》かの女性と付き合っていた。顔を見るだけで一日の疲れも忘れるほど気持ちが浮き立ったり、明日がデートだからと緊張して眠れなくなったりすることはなかったけれど、一緒にいれば楽しかったし、胸躍《おど》らなくなったことについては、もうそういう年齢なのだと納得していた。

けれど、今確かに心臓が変な具合に収縮《しゅうしゅく》と拡張を繰り返してる。それこそ、子供っぽい言葉で言えば、どきどきしている。

恋人の顔を見るだけで。

またこんな風になれている自分を嬉しいと思う。

「余村さん、最近仕事も楽しそうだから、このまま残ってくれればいいのにって思ってたんです。ホント、変わりましたよね。明るくなったっていうか……」

ぼそぼそと話す男の頬骨《ほおぼね》の辺りを、余村はじっと見ていた。

長谷部の顔立ちは自分よりもずっと男らしいから、横顔が綺麗だ。思った以上に鼻は高いし、唇の輪郭《りんかく》だってはっきりしている。

横顔を見ていたら、ふとキスをしたくなった。あの朝のベッドのようなキス。なかなか休みが重ならないので、共に過ごしたのはまだあの夜だけだ。

一緒に目覚めたあの朝から、余村はずっと夢を見ているような気分だった。

いい夢の中にいる。

「修一《しゅういち》」

名前を呼んでみた。

「余村さ…」

不意に名前を呼ばれて驚いた男の顔に手を添《そ》える。女性のものとは違うけれど、想像よりもずっと柔らかかったその唇。キスの誘惑に負け、自分から身を寄せた。

余村はどちらかといえば線の細い顔立ちをしているが、けして性格は女性的ではない。恋をすれば普通の男と同じく能動的になるし、キスもそれ以上も求めたくなる。

少し高い位置にある男の顔へ向けて伸び上がり、唇を触れ合わせた。ちょっと掠《かす》めただけなのに、触れたと思ったら胸がいっぱいになり、そしてもっと欲しいと欲深になる。

強く押し当てようとして、余村は驚いた。

「あ…」

軽く閉じていた目を見開かせる。なにが起こったのかと思った。自分が長谷部に押《お》し退《の》けられたと判るのに数秒もかからなかったけれど、見つめ合う間は酷く長いものに感じられた。

長谷部自身、驚いた顔をしている。

「す…すみません、ちょっとびっくりして…あの、家には果奈もいますし…」

強張《こわば》った表情で詫《わ》びる男に、余村は気まずくなった。

男の言葉を断《た》ち切《き》り、慌てて謝り返す。

「いや、僕のほうこそ…急にごめん。考えなしだったよ」

沈黙が重い。階下の台所の水音さえ聞こえてきそうな静けさ。時計の秒針《びょうしん》の動く音すら感

じ取れそうだと思っていると、長谷部がタイミングを計《はか》ったかのように時刻を気にし始めた。

「あ…あぁ、もうこんな時間ですね」

十時半を回っていた。泊まるよう勧められたが余村は断った。居心地が悪くなってしまったのもあるけれど、そうそう若い女性もいる家に泊めてもらうのも気が引ける。

「まだ電車もあるから普通に帰るよ」

そう応《こた》えると、長谷部は少し残念そうな顔をし、駅まで送らせてくださいと言った。

深夜の住宅街。細い道に車は走っておらず、人影もない。静寂《せいじゃく》に満たされた十数分の道程《みちのり》の間、いくつかの話をした。仕事のこと、果奈のこと、けれど余村はもっと違う話を望んでいる自分を感じていた。来月は休みをもっと合わせてどこかへ行こうとも言われ、少し嬉しかったけれど、それだけじゃ足りなかった。

大通りに出る。駅の明かりが見えてくる。

一人では長そうに思える距離も、二人ならばすぐだ。

「今日は来てくれてありがとうございました。おやすみなさい。気をつけて帰ってください」

長谷部が別れ際《ぎわ》に言ったのはそれだけだった。

見つめてみても、その表情からはなにも読み取れない。耳をそばだてても、もう余村の耳に『声』は響かない。

「おやすみ……長谷部くん」

電車はすぐにもやってきそうだ。余村は後ろ髪を引かれる思いを抱きつつも、そのまま急ぎ足で駅の改札に向かい別れた。

『そういえば、あぁいう男だった』と思ったのは電車に乗り込んでからだ。最初、クリスマスイブの夜に店の前でぶつかったときも、愛想《あいそ》のない声をして怒ったような眼差しで自分を見ていた。『声』が聞こえていなければ、まさか自分に好意を寄せてくれているなど、思いも寄らなかった。

ドア付近に立った余村は、手摺《てすり》に身を寄せて凭《もた》れる。頬に触れたドアの窓ガラスが少しひやりとした。

――好きです。

そういえば長谷部からは何度もその言葉を聞いた気がするけれど、実際にその口から聞いたのはそう多くはないかもしれない。

長谷部の不器用さが愛《いと》しいと同時に、酷くもどかしい。

触れ合った夜の、自分をいっぱいに満たすような言葉が恋しい。

余村はまるで里心《さとごころ》でもついたかのように、聞こえなくなった『声』を求め始めている自分に気がついた。

「すぐにでも本社に報告するよ。もう気が変わったなんて言わないでくれよ？」

事務所にいた店長の増岡は満面の笑みだった。遅番のシフトで正午に出社した余村が、こないだの返事だといって、正社員として働きたいと申し出たからだ。

「いやぁ、嬉しいなぁ。半分 諦《あきら》めてたからな、俺は。よろしく頼むよ？」

「はい、こちらこそよろしくお願いします。頑張ります」

事務机の回転椅子に座ったままの男は、傍に立つ余村の腰の辺りをぽんぽんと叩く。すぐ傍の机では、ベテランの女性事務員がいつかのようにこちらをちらちらと窺っていたけれど、なにを思っているのかは判らなかった。店長に対し『よかった』と共感しているのか、自分に向かって『調子がいい』と感じているのか――『声』は聞こえない。

なんとなく落ち着かない気分で事務所を後にした。

フロアは空《す》いていた。平日のど真ん中のパソコンコーナーには、アクセサリを買いにきたらしいスーツ姿の会社員と、冷やかしにしか見えない若い三人連れの女の子がいるだけだ。開放した表口からは初夏の風まで流れ込み、のんびりとした空気感の漂《ただよ》う午後。けれど、余村の姿を見るなり、女性社員が血相《けっそう》を変えて寄ってきた。

「余村さん、午前中大変でしたよ。今日に限って午後シフトなんですもん」

「え、なに？　なにかあったんですか？」

驚いて問い返す。膨《ふく》れっ面《つら》というのが妥当《だとう》な表情の彼女は、余村の反応に待ってましたとばかりに話し始めた。

「返品があったんです。余村さんの担当した客の！」

「え…返品？」

「ただの返品じゃないんです。一昨日《おととい》の配達分のプリンタで、もう開梱《かいこん》済みなのにどうしても返品したいって。故障《こしょう》もないのに無理だって言ったら…別のプリンタを買うつもりだったのに、強引に勧《すす》められて買わされたってすごい剣幕でごね出して…」

「…その販売担当が僕だったと？」

余村はレジカウンターで伝票を見せられた。

日曜の午後の客。伝票を切った覚えはあるが、休日でプリンタだけでも相当数を担当しており、会話の内容まで詳しく思い出せない。もちろん押し売りした覚えはなく、どの客も満足そうに話を聞いて帰った気がしていた。

「ま、まぁ…返品したくて大げさに言ってるのは確かだし、そんなに気にする必要はないと思うんですけど。余村さんが販売でそんなミスするわけないですしね」

険《けわ》しい表情で伝票を凝視《ぎょうし》する余村に、彼女はフォローしてみせる。

結局、商品は部門担当の男がこっそり返品処理をしてくれ、事なきを得たらしい。

余村はすぐに奥のソフトコーナーにいるという男を探しに向かった。礼と詫びを告げると叱《しっ》咤《た》されることはなく、それどころか彼女と同じ言葉で励《はげ》まされてしまった。

「君がそんな失敗するわけもないしな」

庇《かば》われて助かったと感じるどころか、居《い》た堪《たま》れなかった。

覚えていない。その客の顔も会話も、記憶はおぼろげなのだ。忙しかったのもあるけれど、このところ自分は浮《うわ》ついていて気もそぞろなところがあった。

今まで、客の希望や要望を違《たが》えることはなかった。客が言動に表さなくとも、言葉にはし辛《づら》い予算を含め、すべてを満たす商品をピンポイントで提示してきた。

いつも『声』が聞こえていたからだ。

自分は思い上がっていたのかもしれない。これからは今まで以上に努力しなければならないところを怠《おこた》った。客が大げさに騒ぎ立てたにしろ、購入《こうにゅう》に乗り気でないのを察せなかったのは確かだ。

「…どうせ気が緩《ゆる》んでんだろ。辞めるかもしれないらしいからな」

売り場を歩いていると、そんな声が聞こえてきた。普段から売上成績で煙《けむ》たがり、自分を敵視している販売員の男だ。

仲のよい同じく販売員の男に話していたが、自分の姿に『しまった』という表情で言葉を引っ込める。今まで散々《さんざん》腹の内で罵《ののし》られているのを聞いていたからどうということもない。黙られてしまったほうが気持ちが悪い。

その後、男の傍に立つ度《たび》、薄気味の悪い思いがした。男はなにも言わない。今までだって、婉曲《えんきょく》な嫌味は言われても、面と向かって罵詈雑言《ばりぞうごん》浴びせられた覚えはない。

無言の威圧感《いあっかん》。昨日までは『声』が聞こえなくなってせいせいしたと思っていられたのに

「なんです？」

「いえ…すみません、なんでもないです」

ちらちらと意識して見ていると目が合ってしまい、謝る羽目《はめ》になった。

『声』が聞こえていたときには、男の悪意に身を削《けず》られるような心労《しんろう》を覚えたものだけれど、聞こえなくとも今度は想像力を働かせてしまい疲れ果てる。

昨日まで浮かれていられたのが嘘のように、余村はナーバスになっていた。

やはり仕事でミスを犯《おか》したのが大きい。

その日は一日中項垂《うなだ》れた気分で過ごした。夕方が近づき、店内に少しずつ客足も増えてきた頃、仕事帰りの客がどっと集まる前にと余村は短い休憩を取ることにした。

バックヤードに向かい始めれば、自然と目線が彷徨《さまよ》う。目がその男を捜してしまっていた。

こんなとき、長谷部の存在がどんなに救いになるかを、余村は知っている。奥へと伸びたフロアをひたすら歩き、夏場の商戦を迎え拡大したエアコンコーナーを通りかかったところで、その姿を発見した。

客はいなかったが長谷部は一人ではなかった。カタログを広げ、立ち止まって熱心になにか

を説明している相手は、客ではなく従業員の女性だ。入店したばかりで白物《しろもの》コーナーに配属された例の女性社員だ。

まだ入店して一月も経《た》たない。覚えてもらわなければならないことは山積みだろうけれど、レクチャーを楽しんでいるようにも見えた。愛想のいい彼女が笑みを絶《た》やさないからかもしれない。

くすくすと笑っている。なにがそんなに嬉しかったのか。長谷部はカタログの一点を指差しただけに見えた。

女性社員とそんな風に話す姿が意外だった。たまたま長谷部の担当コーナーが年配の男性社員ばかりなのもあるけれど、いつか聞いたとっつき難《がた》く話し辛いとの評判が影響していた。ほっとするはずの光景だった。長谷部を理解して共に働いてくれるような子であればいいと、お節介にも考えていたはずだ。

けれど、どうしてだろう。何故だか二人の光景に余村は微笑ましいと感じることはできなかった。

長谷部が首を捻る。ふと人の気配に気がついたかのようなその動作は、余村が足を止めてまで二人を凝視していたからだ。

慌てて踵《きびす》を返し、素知《そし》らぬふりで店の裏へと向かう。

長谷部と目が合ってもいつもどおりに笑えない予感。なにかの歯車でも狂い始めてしまったような悪い感じを覚えた。

「あ…すみません、どうぞ」

ぼんやりとATMの手前で出てきた明細《めいさい》を見ていた余村《よむら》は、後ろを振り返ってぎょっとなった。

主婦らしき年代の女性が、早くしろとばかりに睨《にら》みを利《き》かせている。家の最寄《もよ》り駅の裏口にある銀行のATMは、いつもひっそりとしていて利用者が少ない。背後《はいご》に人が並んでいるのにまったく気がついていなかった。

急いで傍《そば》を離れながら詫《わ》びる余村に、女性は最後までにこりともしなかった。

随分《ずいぶん》前から立っていたのだろうか。

こんな瞬間にも、余村は自分の生活が『声』に支えられていたのを感じるようになった。まるで直接話しかけられるかのごとく、『声』はいつ何時《なんどき》でも響いていた。さっきの女性であれば、きっと後ろで『早くどけ』と念《ねん》じていただろう。

手にしたままの金を財布に押し込みながら、駅の改札に向かう。朝の出勤途中だった。九時を過ぎており、一般の会社員の姿は減っているが、電車はまだ混雑している時間帯でホームは人が溢《あふ》れている。

余村は特に拘《こだわ》りがあるわけではないが、毎朝利用している位置から電車に乗り込んだ。いつもの時刻、いつもの車両。たぶん乗っている人間も、多くがいつもの顔ぶれだろう。車内は静かだ。基本的に通勤時間の電車は一人で乗っている客がほとんどで、静かなのは珍しくもない。けれど、余村には異様な光景に思えた。ほんの二週間と少し前まで、どんな場所よりも騒がしくて肉体的にも精神的にも苦痛なのが通勤電車だった。

人は一人でいるときほど思考する。読書も居眠りもせず、ただ電車の揺れと混雑に堪《た》えている乗客にできることといったら考えることぐらいだ。最早《もはや》誰のものかも判別つかないほど響き渡る数多《あまた》の『声』は、ときにぐらぐらと車体を揺すっているのではと感じるほどだった。

それが今はなにも聞こえない。

最初はせいせいした。静まり返った車内は快適だった。けれど、日が経《た》つに連れ気持ち悪く感じ始めた。

皆、無言でいる。口を引き結び、どこを見ているのか判《わか》らない遠い目をして、いっぱいに押し込まれて立っている。

当たり前の状況が、余村の目には酷《ひど》く奇妙だった。すぐ目の前にいる、虚《うつ》ろな顔の中年男性の考えていることすら判らない。

気味の悪い、静寂。息が詰まりそうになる。

電車が煩《うるさ》かったときよりも苦痛かもしれない。自分の呼吸すら大きく響いて感じられる。

目的の駅に辿《たど》り着《つ》けば、心底安堵《あんど》した気持ちで解放された。けれど、まだ一日は始まったばかりで、店に出勤してしまえば今度は違った緊張感に見舞われることになる。

返品騒ぎがあってから四日。余村は新たな失態《しったい》こそ犯《おか》さなかったが、つい接客が消極的になってしまい売上は芳《かんば》しくなかった。

それまでの二週間近くは『声』を聞かなくとも売上は変わらなかったのだから、自信を持って応対し、客の表情や言葉によく注意を注《そそ》げばいい。そう頭では判っているのだけれど、いざ客の前に立つと尻込《しりご》みをする。

店に着くと、その日も憂鬱《ゆううつ》な気分でフロアに出た。朝一番からちらほらと客はやってきて、表面だけでも今までどおり振舞《ふるま》おうと意識しつつ声をかける。

「いらっしゃいませ。なにかお探しですか？」

客にかける声が上擦《うわず》りそうになった。

まるで落馬《らくば》でもして恐怖感を覚えた騎手《きしゅ》だ。客の質問にはすらすらと淀《よど》みなく答えられるが、迷うような素振りをされると途端に一緒になって優柔不断に陥《おちい》る。商品の機能性ならまだしも、個人の好みによるところの大きいデザイン性となるとお手上げだった。

「個人的にはブルーが好きなんだけど、長い目で見たら飽きがこないシルバーがいいですかね？」

最近は電化製品もバリエーション豊かだ。ノートパソコンの本体カラーに悩み始めた男性客を前に、余村はまごついた。客は大抵《たいてい》、自分の中に答えを持っている。主観《しゅかん》で意見を言うのではなく、客が求めている『答え』であと一歩の背中を押してやるのが上手《うま》い販売員だ。

ブルーとシルバー。ただそれだけのことが、穴が開くほど客の顔を見つめても判らない。間違えてもいい。判らないなら、自分の意見を素直に告げればいい。そう思いながらも、今までがあっさり客の気持ちに便乗《びんじょう》できていただけに迷ってしまう。

数秒の間に客は失望したように言った。

「…やっぱり定番のシルバーかなぁ。もうちょっと考えてみるわ」

これも一つの体の不調だろうか。

一日の仕事が終わると、まるで入店したばかりの頃…社会復帰《ふっき》したばかりの頃のようにぐったりと疲れきっている。

「余村さん、お疲れですね。大丈夫ですか？」

一息ついてから帰ろうと休憩《きゅうけい》室で茶を飲んでいると、長谷部《はせべ》がやってきた。

パイプ椅子に腰を下ろした余村の脇《わき》に立ち、男は僅《わず》かに眉を顰《ひそ》め見下ろしてくる。

「ここんとこ…なんか余村さん、急に元気がなくなった気がするんですけど、なにかあったんですか？」

心配げな表情。同じコーナーではない長谷部がクレームに等しい返品を知るはずもなかったが、気にかけてくれていたらしい。

もしかして、ここに来たのも休憩ではなく、自分を探して追いかけてきてくれたのだろうか。

「前が…ちょっと浮かれてテンション上がりすぎてただけだよ。少し売り場も忙しくてさ」

『声』のことで神経磨《す》り減《へ》らしているとは言えなかった。少しすればきっと慣れる。できれば、長谷部にもう『声』の話はせず、自分が人と違っていたのはなかったことにしてしまいたい。

やっと長谷部にも気兼《きが》ねなく接してもらえるようになれたのだ。

「大変ですね。こっちは引っ越しシーズンが終わって一段落したところです。俺も早く帰れたらよかったんですけど…」

今日は早番で帰れる余村と違い、長谷部は閉店までの勤務だ。

「待ってようか？」

「そんな、いいですよ。遅くなりますから、疲れてる人は早く帰って休んでください」

早く帰ったからといってこの疲れが取れるとも思えなかったが、気遣《きづか》いに頷《うなず》く。

茶を一杯飲んだ後はロッカー室で服を着替え、余村は店を後にした。

表はまだ明るい。日が沈むのが遅ければ疲労《ひろう》もそう感じずにすむというが、駅に向かって歩く足は重かった。いつもの裏通りに面した入り口から構内のコンコースまで辿り着けば、そこはもう大勢の人が溢れかえっている。ざわつく雑踏《ざっとう》の中で、心なしか人は皆楽しそうに見えるけれど、余村は一層《いっそう》憂鬱な気分になった。

また電車に乗るかと思うと気が沈む。改札が近づくに連れ歩くスピードは落ち、余村はついに立ち止まった。すぐ後ろを歩いていた若い女性が、迷惑そうに横目で見て追い越していく。

やはり長谷部を待ってみようか。

こんな思いで帰るぐらいなら、一時間や二時間待ってもどうということはない。そもそも、今月に限って長谷部とのシフトがあまり合わないのには理由がある。自分が先月故意《こい》にずらしたからだ。長谷部に避《さ》けられていたのが辛《つら》くなり、それならばと自《みずか》らあまり合わない希望を出してしまった。

帰りが遅くなっても構わないから、長谷部と話がしたい。携帯電話を取り出しかけ、迷う。一度は帰ると言っておきながら戻ったりしたら、変に思われてしまうだろう。

「余村？　余村じゃないか？」

じっと立ち尽くして考えていた余村は、不意にかけられた声にぼんやりと視線の定まらない表情で振り返る。

男が立っていた。爽《さわ》やかなライトカラーのスーツで笑みを浮かべている男の姿に、余村は驚きに目を見開く。

「……小寺《こでら》」

以前の会社で親しくしていた同僚の男。まさかまた偶然会うとは思ってもみなかった。

「奇遇《きぐう》だなぁ、また会うなんて！　どうしたんだ、こんなとこに突《つ》っ立《た》って？　仕事帰りか？　早いな、もう店は終わったのか？」

「あ、あぁ…今日は早番だから」

長谷部と行った居酒屋で会ったのはいつだったか。確かまだコートを着ていて…そう、あれは二月の終わりだった。

垣間見《かいまみ》た男の本音にうんざりさせられたのを思い出す。

「そうか、俺は打ち合わせの帰りだよ。直帰《ちょっき》しようと思ってたとこ。なぁ、時間あるなら一杯どうだ？　飲んで帰らないか？」

「あぁ…いや、俺は今日は真《ま》っ直《す》ぐ帰ろうと思ってるから」

目を輝かせている男を、余村は猜疑心《さいぎしん》に満ちた眼差しで見ていた。あからさまな素気《すげ》ない反応にもかかわらず、小寺はめげた様子もなく人懐《ひとなつ》こい顔で食い下がってくる。

「なんだ、用事でもあるのか？　冷たいこと言わないでくれよ。一杯だけでも駄目《だめ》か？　この近くの店で働いてるって聞いたからさ、こっちで打ち合わせあるときは、おまえに偶然会えたりしないかなって…いつも期待してたんだぞ？」

背中を軽く叩かれ、一瞬どきりとなる。けれど、不意の衝撃にも『声』が聞こえてくることはない。ただ期待に満ちた男の眼差しが、自分の快《こころよ》い返事を心待ちにしているだけだ。

ふと嘘ではないのかもしれないと思った。人気《ひとけ》の多い駅構内。ともすれば待ち人ですら見逃してしまいそうな場所で自分を見つけたのは、目が探していたからなのだろうか。

どうせ家に帰っても気が晴れないのだから、相手が誰であれ、一杯引っかけるのは悪くないかもしれない。どのみち、小寺の本音はもう判っている。今更傷ついたのなんだのと落ち込む必要もない上辺《うわべ》だけの付き合いだ。

「じゃあ、少しだけなら。けど、俺なんかより、おまえを慕《した》ってる部下とでも行ったほうがいいんじゃないのか？」

少し皮肉も込めてしまったが、小寺は単純なまでの喜びようだった。

「なに言ってんだよ、おまえがいいに決まってるだろ。よし、決まり！　いや嬉しいな、おまえとまた飲めるなんて」

変な感じがした。まるで無邪気《むじゃき》な男を前に、疑心暗鬼《ぎしんあんき》になって一人腹を探《さぐ》っているみたいな錯覚《さっかく》——

行くと決めたのにいつまでも立ち話をしていても仕方がない。すぐに向かったのは、駅の表口を出てすぐの居酒屋だった。安い、早い、美味《うま》い…最後の項目は怪しいものの、大衆《たいしゅう》っぽさが売りの店は早い時間にもかかわらず席のほとんどが埋《う》まっていて、若いグループ客が多く騒がしかった。

とりあえず生ビールとツマミを頼む。二人で顔を突き合わせれば、話は当然仕事についてに流れる。

「おまえのことだから、どんな仕事でも成績いいんだろう？」

自分の新しい職場を内心鼻で笑っていたはずの男は、持ち上げるように言った。

「いや、そんなことないよ。先週も失敗してしまって、店に迷惑かけたし。このところ調子悪いんだ」

「へぇ…そうなのか？　それでおまえ、なんか駅でぼうっとしてたのか？　まあ、どんな仕事も大変だよな。俺もさぁ、新人の頃は飲み込み悪くて、おまえに助けてもらってばっかりだったよな」

元気出せよ、とばかりに言葉を繋《つな》げる男を、余村は夢か幻《まぼろし》ではないかという気分で見ていた。

少しくたびれたテーブルの向こうで、小寺は眉根《まゆね》を寄せている。ビールジョッキを傾《かたむ》けながらも、自分を心配そうな目で見つめ、昔話を始める。

「覚えてるか？　入社してすぐの研修のときからおまえには世話になったんだよなぁ。俺、今でも時々仕事が上手くいかないとおまえのこと思い出すんだぞ」

「え？」

「おまえなら絶対もっと上手くやったんじゃないかって、考えたりさぁ…」

勘違いするんじゃない。余村はそう自分に言い聞かせた。二月に会ったときにも、嬉しそうな顔して、悪意など微塵《みじん》もない顔をして心の内では自分を蔑《さげす》んでいた男だ。

いなくなってせいせいしてるんじゃなかったか。

「なぁ、本当にずっと電器屋で働くつもりなのか？　またうちに戻ってくる気ないか？」

口先だけの言葉だ。誘いかけてくる男の言葉に、呆《あき》れと戸惑いが一度に湧《わ》き起《お》こる。

「辞めるって店長に話したりもしたんだけど…」

魔《ま》が差したとしか思えなかった。今はもう正社員で頑張るつもりでいる。そんな風に話すつもりだったのに、余村の口をついて出たのはまったく違う返事だった。

「先の仕事が決まらないと、辞めるのも不安でさ。小寺、よかったら会社に中途採用の予定がないか聞いてみてもらえないかな？」

ありもしない頼みごと。男を試そうとする言葉を並べる自分を、人のことは言えない呆れた奴だと思った。

どんな顔で断ってくるのか。身構えて反応を待つまでもなく、余村が言い終えるか終えないかのところで、小寺は身を乗り出してきた。

「本当に!?　じゃあ俺がすぐ上に掛け合ってみるよ。そうだな、西村《にしむら》部長がいいな、あの人おまえを気に入ってたろ？」

弾《はず》む声。この場で小躍《こおど》りでもし始めかねない勢いで話に乗ってくる男に、絶句してまごついてしまったのは余村のほうだ。

「ん、どうしたんだよ？　変な顔して。大丈夫だって、あの人ならきっといい方向に持って行ってくれるからさ。おまえとまた一緒に働けるかもしれないなんて嬉しいな！」

「あ…あぁ、そうだな。じゃあ頼むよ」

「おう、任せとけ」

飲もう飲もう。三分の二ほどすでに飲んでしまっているジョッキを、景気づけとばかりに手にしたグラスに押しつけられた。乾杯をする男の顔に、自分が見ているこの人好きのする気の優しい男は誰なのだろうと思った。

判らなくなってくる。あの時自分が聞いたのは誰の『声』だったのか。果たして、自分は本当に小寺の『声』を聞いたのか。聞き違いではなかったか——

小寺は昔同様、明るくて喋《しゃべ》り好きな男だった。一杯だけのつもりが話に付き合ううちに酒の量も増え、時間はあっという間に二時間近くが過ぎていた。

「また時間あったら付き合ってくれよ？　夏まではこっちも仕事落ち着いてるからさ」

ほろ酔いの余村に、最後まで調子いい言葉をかけてくる。

連れ立って店を出て、駅へと向かった。

午後九時前。『遅くなってしまったな』と思いつつも、頭に浮かんだのは長谷部のことだ。閉店作業が順調に終わっていればもうとっくに帰っている時間だが、もしかしたらまだこの辺りにいるかもしれない。

「余村、なんだきょろきょろして？」

小寺と駅の改札を目指しながらも、落ち着きなく周囲を見てしまっていた。

「あ、いや…」

そんな都合よく会えるはずもない。誤魔化《ごまか》し笑いを浮かべかけたそのとき、余村の視線は一点で止まった。

探している男がいた。けれど、それは構内を歩く人ごみの中ではなく、ガラス一枚隔《へだ》てた場所。駅のコンコースに面したレストランの中だった。

思いがけない場所に発見した姿に、人違いかと思った。長谷部は窓際のテーブル席に座っていた。一人ではない。テーブルを挟《はさ》んだ目線の先には女性がいて、それは余村もよく知る新人社員の彼女だった。

笑っている。先日、店内で見た光景のように。

けれど、ここは職場ではない。二人がテーブルに広げているのはエアコンカタログではなく、運ばれてきた温かな料理だ。

「どうした、知り合いか?」

立ち止まってしまった余村に、怪訝《けげん》な声で小寺は言った。

「今から食事なら、一緒に食べに行きませんか?」

長谷部に声をかけられたのは、いつものコンビニに弁当を買いに行こうと、財布を取りにロッカー室へ向かったときだった。

声をかけるつもりで通りかかるのを待っていたらしい男に、余村は少し驚いた。わざわざ誘って外で昼食だなんて、果奈《かな》の付き合ってた男のことで揉《も》めたとき以来だ。なにか話でもあるのかと思った。昨晩、同僚とはいえ女性と食事をしているのを目にしてしまったばかりだ。

内心動揺しつつ余村が店を選んで向かったのは、少し足を伸ばしてカレー屋だった。昼時は混んでいそうな店だが、すでに二時を回ってランチタイムも終わっている。最悪だった近くの喫茶店は候補から外した。

「長谷部くん、なにか話でもあった？」

カレーはすぐに運ばれてきた。スプーンを口に運びながら、余村は自分から切り出す。

「話？　いや、特にはないですけど、最近あんまり余村さんと話せてない気がして…昨日、早く寝ちゃったんですか？」

「え？」

「メールなかったから、どうしたのかなと思って」

付き合うようになってから、ほぼ毎日深夜にメールをしていた。長文は二人とも送るほうではないから、それはちょっとしたやり取りでしかなかったけれど、時間の合わない中で唯一《ゆいいつ》の恋人らしい付き合いだった。

昨日送らなかったのは忘れたからというよりも、不満を覚えていたからだ。不貞腐《ふてくさ》れて寝てしまったというのが正しい。彼女のことがチクチクと引っかかり、くだらない日常メールなど送る気になれなかった。

「ごめん、風呂上がったらうたた寝してそのまま…」

「そうだったんですか。ならいいですけど…なんか気になって」

長谷部は決まり悪そうにする。

「えっと、そういえば来週は休みが一緒ですね。どこか今度は遠出とかしますか？　ドライブがてらよさそうなスポット調べたんです。途中で車降りて、ちょっと森林浴《しんりんよく》みたいなこともできそうなとこで、疲れ取るにはちょうどいいかなって…どうですか？」

余村は少しばかり驚いた。なんだかいつもと違う。変に気が利く。そういうセッティングをする男ではなさそうだったのに、長谷部らしくない。

なにか自分に気を遣わなければならない理由でもあるのかと、疑いたくなる。昨日のメールにしても、気になるほどのことだっただろうか。

「余村さん？」

「あ、あぁ…」

「あの、休みは家でゆっくりしたいとかでしたら、べつに無理しなくてもいいんですよ？」

鈍《にぶ》い反応に、長谷部は困惑した表情を見せる。余村は慌てて取り繕《とつくろ》った。

「い、いや違うんだ。君と遠出なんて初めてだなと思って…いいよ、今月はタイミング合わなくて外食すらできてなかったからね。あ、そういえば…」

スプーンをせっせと口元に運び、カレーを食べながら何気ない調子で尋《たず》ねる。

「…昨日はなんで原野《はらの》さんと一緒だったんだ？」

長谷部は虚《きょ》を突かれた顔をした。

「食事してただろう？　駅ん中の店で」

「なんで知ってるんですか？」

「見たんだよ。昨日はあれから駅で前の会社の同僚と偶然会ってね、少し飲んで帰ったんだ。帰り際に駅で君と彼女が店にいるの見かけて…」

「同僚って…前に居酒屋で会った人？」

渋《しぶ》い顔をする。一瞬不服そうに険《けわ》しくなったその顔に気づかず、それどころではない余村は畳《たた》みかけて問う。

「そうだよ。君は？　二人とも仕事帰りだったんだろう？　彼女も遅番《おそばん》だったのか？　約束でもしてたとか？」

一度口にしたら止まらなくなっていた。まるで詰問《きつもん》する調子になってしまい、長谷部はスプーンを空中に浮かせたまま呆然としている。

「まさか。約束なんてしてませんよ。店から駅まで帰りが一緒で、腹減ってないかって原野さんが訊《き》いてきて…それであの店に入っただけです。ちょうど昨日は、果奈が友達と会うから夕飯は自分で用意してほしいって言ってた日だったんで」

「ふうん、そう…なのか」

「原野さん、店にまだ慣れないって気にしてるみたいで…食事がてらいろいろ教えてほしいって言われたんです。たぶんうちのコーナーで年が近いのが俺ぐらいだからだと思いますけど」

「…あのコ、周りに気を遣うみたいだもんね」

食事をしたといっても、駅構内の安いレストラン。帰宅途中のサラリーマンや学生が行《ゆ》き交《か》うコンコースに面したオープンな店で、実際余村が目にしたのもそのためだ。

隠し事があるなんて思ってはいない。長谷部は自分に嘘をつくような人間ではない。

けれど、すっきりしなかった。挟んだ明るいカントリー調のテーブルの向こうから、長谷部が自分を見つめているのに気がついていたけれど、余村はずっと目を背《そむ》けて食事を続ける。

「すみません、俺…なにか軽率《けいそつ》でしたか？」

「…いや、べつに」

「でも、余村さん怒ってるでしょう？」

「怒ってないよ。ただ、なんで一緒だったのかなって思ってたから訊いただけだよ。勘違いしないでくれ」

なんだって自分はこんなにもぴりぴりしているのだろう。

不快に感じるほどのことではなく、こんな態度を取りたいわけでもないのに、苛々《いらいら》する。なにかが足りない。酷く足りてない。

余村は勢いよく水のグラスに手を伸ばして飲んだ。一息ついて気を静めようとする。長谷部がそんな仕草に驚いている気配を感じたけれど、気づかぬ素振《そぶ》りでぼつりと呟《つぶや》いた。

「このカレー、辛《から》いな」


店への戻り際に通りかかった公園は、これからまもなく梅雨《つゆ》を迎えるとは思えないほど、眩《まばゆ》い日差しに包まれていた。

「随分暑くなってきましたね」

隣を歩く男は目を眇《すが》める。

雲一つない空。周囲のビルはギラギラと外壁《がいへき》を光らせている。冬にはコートを着て、何度かこの公園で長谷部と話したのが嘘のようだった。

白い息を吐きながら、長谷部に告白された夜。その口から聞く前から、男の『声』が溢れんばかりの想いを何度も何度も伝えてきた。

長谷部はあのときのように自分を想ってくれているだろうか。心では、自分が赤面《せきめん》するような言葉もまた紡《つむ》いでくれているのか。

いつの間にか隣を見ていた。なにも聞こえやしない。そこには暑さに顔を顰《しか》めて歩く男の横顔があるだけだ。

好きだと言ってくれればいいのにと、バカなことを考えた。

こんな場所で、人気《ひとけ》も少なくない昼間から言うわけがない。けれど、前は言ってくれたのだ。それでも言ってくれた。職場でも路上でも、その『声』に耳を傾ければいつでも長谷部は自分への好意を言葉にしていて、面映《おもはゆ》い気持ちにさせてくれた。

「余村さん？」

不自然に向けた視線に、長谷部が不思議そうにする。余村は我に返り、おかしな思考に嵌《はま》り込《こ》んでいる自分に気がつく。

どうかしている。

「…悪いけど、先に行っててくれないか」

「え、先にって…」

「ちょっと昼休みに買おうと思ってたものがあったの思い出したんだ。だから先に戻ってくれ」

買いたいものも行きたい場所もない。ただ一人で少し頭を冷やしたいだけだった。

素直に受け止めた長谷部は一人で歩き出し、余村は木陰《こかげ》で通りからも見えづらいベンチを選んで腰を下ろした。

気が緩《ゆる》んだように溜め息をつく。

なんだってこんなに気が沈んでばかりなのか。まだ長谷部と付き合うと決めてから三週間にも満たない。今が一番楽しい時期。毎日が楽しくて、世界がバラ色だかピンク色だかに見えていてもよさそうな時期なのに。

――罰《ばち》が当たったのかもしれない。

他人の心を勝手に聞き続けた罰…いや、そうじゃない、願いが叶《かな》ったんだ。駅のホームで願ったとおり、誰の『声』も聞こえなくなった。

なのに何故《なぜ》塞《ふさ》ぎ込《こ》んでしまうのだろう。

自分はおかしい。普通になったはずなのに、異常であったときよりもずっと人前に出るのも辛《つら》くなってきている。

「お母さん、モモがまだ地面に鼻擦《こす》りつけてる〜」

脇から声が聞こえた。

隣のベンチには親子連れがいる。母親と小さな…小学生に上がるか上がらないかぐらいの男の子。そして、小型の雑種《ざっしゅ》らしき犬を連れていた。

散歩中なのだろう。犬は尻尾《しっぽ》を振りながらしきりに鼻を地面につけている。

「臭《にお》い嗅《か》いでるの。好きなだけ嗅がせてやりなさい」

「ねぇ、なんで臭い嗅ぐの？」

「いろいろ判ることがいっぱいあるからよ。犬はね、人間よりうんと鼻がいいから」

「へぇ…どれくらいいいの？」

「どれくらいって…百倍…千…一万倍だったかしらねぇ。とにかく人間には想像できないくらいよ」

無邪気に知りたがる子供と、それに答えようと頭を巡《めぐ》らせている母親。昼の公園らしい微笑ましい光景に、余村は一瞬沈んだ気持ちを忘れて緩く笑った。

犬は一番得意な臭いであれば、人の一億倍まで嗅ぎ分けられると聞いたことがある。確かに想像もつかない世界に違いない。

「へぇ、モモすごいんだね！」

子供は感心して犬の頭を撫《な》でた。すぐにまた新しい疑問が浮かんだらしく、ぱっと顔を起こして甲高《かんだか》い声を張り上げる。

「ねぇねぇ！　お母さん、モモは臭いが判らなくなったらどうなるの？」

「どうって？」

「鼻が壊れちゃったらどうなるの？　どんな感じなの？　痛い？　怖い？」

母親はまごついていた。犬はそんな飼い主の事情はお構いなしに、地面にフンフンと鼻を擦りつけ続けていた。

「それは…お母さんには判らないわよ。だって、人間は元々そんなに臭いが判らないんだもの」

小寺から電話がかかってきたのは、一緒に飲みに行ってから一週間ほど後、六日目の月曜日だった。

月は六月に変わっていた。昼休みに出先からかけてきたらしい男の背後は、どこからなのか酷くざわついていた。

「気にしないでいいよ、わざわざありがとう」

ソファに寝そべったまま携帯電話を耳に押し当てていた余村は、通話を切ると同時に笑い出す。

最初はぷっとした小さな笑い。それから次第に自棄《やけ》になったように大きな声を立てて笑い、そしてごろりと仰向《あおむ》けになると無表情に自宅マンションの天井を見上げた。

「……やっぱりな」

『とりあえず用件だけ』とさも忙しそうに電話を寄こした小寺は、中途採用の話は無理だったとすまなそうに言った。部長に何度もかけあってみたが、取り合ってもらえなかったのだと言い訳した。

部長には伝えてもいないのだろう。

小寺は知らないようだが、仕事を辞めて三年以上が過ぎた今も、余村は西村部長とは交流があった。といっても、年賀状程度の付き合いだが、文面には毎年自分の現況《げんきょう》を気にかける言葉が添えられている。本当に人のいい上司だった。小寺への伝言一つで無下《むげ》に突っ撥《ぱ》ねるとは思えない。

余村はぼうっと時間を忘れたかのように天井を見上げ続けた。

やっぱり。そう思いながらも、落胆している。あの笑顔に、声を弾ませた仕草に、心のどかでまた本当かもしれないと信じ始めていた。『声』さえ聞こえていれば、そんな愚《おろ》かな期待を抱くはずもなかったのに。

『声』の聞こえなくなった世界は、一寸《いっすん》先も見えない闇にいるかのようだ。光の中にいるのに、まるで視力を奪われて暗闇の中に立たされたみたいに心細さでいっぱいになる。

仕事は順調とは言えない。昨日もまた接客《せっきゃく》で失敗しかけた。気を張り過ぎて息が詰まり、満員電車には最早《もはや》吐き気すら覚える。

今朝目が覚めたら、どうしても家から出られなくなっていた。

人に会うのが辛く、外に出るのが億劫《おっくう》になった。三年半前と同じだ。けれど、同じでありながらまったく違う。

今までは人の心が読めた。そう言って、誰が相手にしてくれるだろう。神の力がどうのと言っていた怪しげな診療所だってそっぽを向く。せいぜい五月病でおかしくなったと思われるのが関《せき》の山《やま》だ。

公園で聞いた親子の会話が耳に残っていた。

自分は嗅覚《きゅうかく》を奪《うば》われた犬と同じだ。人には備わるはずのないものを失っただけ。誰にも、この不安は理解されない。

余村は仕事を休んでいた。体はだるい程度だったけれど、熱が出たと今朝電話をした。本当の発熱のときですら、倒れるまで休もうとは考えなかったのに——自己嫌悪に陥《おちい》りつつも、無気力。こんなところまで以前と似ている。

ただ無益《むえき》な時間が過ぎていく。ズル休みをしたからといって、これといってなにをするでもなく、一日だらだらと過ごした。

部屋のチャイムが鳴ったのは、まだ日の沈まない午後七時頃だ。どうせ新聞の勧誘かなにかだろうと一度目は無視した。続けて鳴った二度目に身を起こし、それからしばらく間《ま》を空けて鳴った三度目に余村は渋々ソファから立ち上がった。

出てみて驚く。玄関ドア一枚向こうには長谷部が立っていた。

「すみません、携帯繋がらなくて…迷ったんですけど、無断で来てしまいました」

小寺からの電話の後、携帯電話は自棄になって電源を落としていた。

「具合、大丈夫ですか？」

「あ…あぁ」

そう言われて初めて、心配してきてくれたのだと判る。

動揺しつつも、中に入るように促《うなが》した。

「寝てましたか？　起こしたのならすみません。余村さん、前に高熱出したときも会社休もうとしてなかったから、今日はもっと酷いんじゃないかって…倒れてたりしても、一人暮らしは誰も気づきませんからね」

長谷部は手に白いレジ袋を提《さ》げていた。手渡されて中を覗くと、レトルトの粥《かゆ》やらヨーグルトやら、消化によさそうなものを中心に食料が入っていた。

「長谷部くん、これ…」

「食事、ちゃんと食べてますか？　なにも食べてないかもと思って、コンビニでいろいろ買ってきてみたんですけど」

余村が黙り込むと、長谷部は気まずそうな顔をする。

「俺、料理はできないから、作ってあげられなくてすみません」

違う。気まずいのは自分のほうだ。仕事を休む正当な理由なんてどこにもない。顔色が悪そうに見えるのか、早く座ったほうがいいとソファのほうへ背中を押されるが、高熱どころか微《び》熱《ねっ》もあやしい。

腰を下ろした余村は自然と顔を俯《うつむ》けた。

「…違うんだ。体はなんともないんだ」

「え？」

「ズル休みなんだよ。今日は…どうしても店に行く気がしなくて」

長谷部の顔が見られなかった。人一倍仕事には真面目で熱心な男だ。いい年してそんな学生のような行いは許《ゆる》し難《がた》いだろう。

「今日はどうだった？　店…みんな忙しそうだったかな？　迷惑かけたから、次の休みは代わりに出ようかと思ってるよ」

次の休日は二日後だ。明日出勤する自信もないくせに、長谷部に軽蔑《けいべつ》されたくないばかりに取り繕う。

「次の休みって…」

沈黙してしまっていた男は、余村の言葉にどこか焦《あせ》ったみたいに口を開いた。そしてまたしばし絶句する。

嫌な時間が流れた。

「本当に体はなんともないんですか？」

「あぁ」

「そんな…気軽に休みを代わるだとか、余村さんらしくないです」

長谷部は隣に座り、気が抜けたようにぽつりと言った。正当な言葉が耳に痛い。

「べつに代わればいいと思ってるわけじゃないんだけど…」

言い訳は続かない。いつの間にか膝上《ひざうえ》で落ち着かなく握ったり開いたりを繰り返していた手で、余村は頭を抱えた。誤魔化したってしょうがない。ますます長谷部に呆れられるだけだ。

「……自信がないんだ」

「自信?」

「その…『声』が聞こえなくなってから、いろいろと自信が持てなくなってきてね。それに頼ってるつもりはなかったんだけど、今までお客さんとの会話とか随分『声』に助けられてたんだなぁって痛感《つうかん》してるところだよ」

「でも、聞こえなくなったってあんなに喜んでたじゃないですか」

「始めはね。トラブルがあったんだよ。お客さんからクレームが来てさ、欲しくもないもの買わされたって」

不思議そうにしていた長谷部が、隣で息を飲んだ。

「そうだったんですか…知りませんでした」

「情けないだろう?」

そう言いながらも、打ち明けてどこかほっとした。一人で抱え込んでいたものを吐き出し、長谷部に話してしまうことで、一瞬楽になれた気がした。

「きっと…少しずつ慣れてきます。時間はかかるかもしれないけど…」

「そうかな?」

長谷部は言葉を探している様子だった。

待ってしまったのがいけなかったのかもしれない。一瞬与えられた安堵感に、長谷部なら自分の望む答えをくれるものと思い込んでしまった。

「だって…みんなそうでしょう？　みんな人の気持ちなんて判らないし、心の声なんて聞こえずに仕事もしてるんだから、余村さんもきっと大丈夫ですよ」

「みんな…」

今は一番聞きたくない言葉だった。励《はげ》まそうとして言ってくれたのは判っているけれど、やはり長谷部も同じなのだと思った。

やはり、誰にも理解されない。長谷部にも、判ってはもらえない。最初から聞こえない人間に、この感覚が理解されるはずもない。

「…帰ってくれないか」

気がついたらそう口にしてしまっていた。

「やっぱり今日は一人でいたいんだ。悪いけど、帰ってほしい」


余村《よむら》が仕事に復帰《ふっき》したのは二日後だった。

結局、仕事を休んだのは二日だけだったものの、代わりに休日出勤してくれた者がいたので、本来休みであったはずの水曜日に余村は出勤することにした。これ以上休みを重ねるわけにはいかない。とりあえず電車は避《さ》け、駐車場代が嵩《かさ》むのは覚悟で、マイカー通勤に変えた。

握《にぎ》る車のハンドルに、余村はそのとき初めて久しぶりの長谷部《はせべ》と同じ休日だったのを思い出した。荒《すさ》む一方ですっぽりと頭から抜け落ちていた。

ドライブをしようと言ってくれていた。代わってしまった休日を残念に思ったけれど、どのみちあんな風に突っ撥《つっぱ》ねてしまって、急に蟠《わだかま》りなく楽しく過ごす自信もない。

遅番でいいというから、店には正午前に着いた。

「いやぁ、体調よくなったみたいでよかったな。早く戻ってきてくれて助かったよ」

事務所で欠勤《けっきん》を店長の増岡《ますおか》に詫《わ》びた。叱咤《しった》も嫌味もない。『復帰してくれてよかった。ぼちぼち頑張《がんば》れ』と背中を叩かれ、後ろめたい気分になる。この数週、売上があまり芳《かんば》しくないのを増岡は気づいているはずだ。なにも言わないのは、今までの貢献《こうけん》に免《めん》じて目を瞑《つむ》っているのか、体調が思わしくなかったせいだと結論づけたのか。

それとも、内心は罵詈雑言《ばりぞうごん》であるところを押し隠しているのか——

励《はげ》ます男の笑顔に、また疑いの気持ちが芽生《めば》える。

フロアに出る途中、スラックスのポケットの携帯電話が震えた。

長谷部からのメールだ。

『今日は仕事、大丈夫ですか？　無理しない程度で頑張ってください』

一昨夜《いっさくや》、自分の言葉に従《したが》い帰って行った長谷部は部屋を出る間際笑《まぎわえ》みを見せた。『急に来てしまってすみません』と励ますように笑いかけられ、どんな表情をしていいか判《わか》らなかった。

あんな風に部屋から追い払ってしまったのに、こうして今も普通に接してくれる。気遣《きづか》われて感謝すると同時に心苦しかった。

面倒《めんどう》くさい。自分は、面倒くさい人間だ。

本当は自分に呆れてるのではないか。

呆れたなんて、仕事を休むほど悩んでいる人間に言えないから、こうして優しくしてくれているだけかもしれない。

長谷部の簡潔《かんけつ》なメールの文面にすら深読みして、勝手に頭を悩ませる自分。それこそ、最も厭《いと》わしいと判っていながら止められない。

一瞬返事を迷ったが、余村はすぐに携帯電話を閉じてポケットに戻した。ろくな返事をしそうにない。

生活家電コーナーを過ぎるときには、長谷部はいないと判っているのに、いつもの癖でフロアを見渡した。

「あれ…今日は…」

「どうした？」

余村の背後《はいご》には、事務所を一緒に出た増岡がどこのコーナーに向かうつもりか知らないがついて歩いていた。

「いえ…今日は新しく入った子もお休みなんですか？　白物《しろもの》の…原野《はらの》さん」

「あぁ、いないな。そうだな、確か休みじゃなかったか。いいぞ、あの子は。客ウケもいいし、仕事は真面目だし…余村、おまえまさか気に入ってるのか？」

増岡の普段選ぶバイトの女の子に比べれば、それは当然何倍も気に入っている。そういう意味ではないのは、ニヤニヤと下世話《げせわ》な笑いを浮かべている男の顔を見れば判ったが、強硬《きょうこう》に否定する気力もなく余村は愛想笑《あいそわら》いでやり過ごした。

溜め息をつく。増岡に対してではない。

それどころではない。長谷部と同じ日に休みを取っているというだけで、変に意識するなんて自分はいよいよ重症だった。


翌日、タイミングがいいのか悪いのか、余村は当の彼女と顔を突き合わせた。

当面、マイカー通勤にすると決めたのがよかったのか、今朝も出勤拒否する気持ちは起こらなかった。たぶん表面上は自分の仕事ぶりはさほど前と変わりなく見えるのだろう。次々と接客も任され、どうにか一段落ついた午後三時前。気がついたら店内はパソコンコーナーといわず全体的に閑散《かんさん》としていた。

長々と吟味《ぎんみ》していった客を送り出した余村は、ほっと息をつく。

いつものように弁当を購入《こうにゅう》してきて休憩《きゅうけい》室に向かうと、中からは楽しそうな笑い声が響いていた。

高い声で笑っているのは原野で、相槌《あいづち》を打っているのは長谷部だ。二人は広いテーブルの端の方で食事中だった。

「あ、余村さん、おつかれさまです」

もう名前を覚えてくれたらしい。彼女は入ってきた余村の姿を見ると、にっこりと笑いかけてくる。出遅れた長谷部の声も同じく続いた。

「あぁ…おつかれさまです」

変な顔をしてしまっただろうか。二人は至って普通なのに、自分だけが意識している。食事の手を止めてまでお茶を淹《い》れようとする彼女の申し出を断り、余村は自分で用意してテーブルの反対側へついた。

離れた位置に座る自分の姿を、長谷部が目で追っているのは判っていた。変ではないと思う。違う部署の者が、『やぁやぁ』と急に割って入って中高生みたいに一緒に弁当を突《つつ》くほうが不自然だ。

二人の声は聞こえていた。休憩室にはほかにも二人の従業員がいたが、それぞれ一人で食事中で、会話をしているのは長谷部と彼女だけだった。

「そうそう、あのお店、前に住んでたとこに姉妹店あったんですよ」

話はどうやら、こないだのレストランの話だ。

長谷部はほとんど相槌を打つだけだ。相手が感じのいい子だからといって、急に話術力が上がるものじゃない。喋《しゃべ》っているのは彼女ばかりで、長谷部は完全な聞き役だったが、それはそれでバランスが取れて見えた。

年も近いし、お似合いじゃないか。

などと自虐的《じぎゃくてき》になる。

まさか彼女も自分がこんな風に頭を巡《めぐ》らせているとは考えもしないだろう。そもそも、男同士で交際だなんて、夢にも思わないはずだ。自分だって半年前はそうだった。

長谷部と自分。どちらが先に好きになったのかは、もう関係なくなっている。長谷部の気持ちが読めなくなってから、むしろ自分だけが想いを募《つの》らせているようにさえ感じる。

思い返せば、一緒に朝を迎えたあの夜も自分のほうがずっと積極的で、長谷部はさほど乗り気でなかったかもしれない。急がないなどと言ってあっさり引いたし、家に招かれたときにもキスしようとした自分を拒否した。

『家には果奈《かな》もいますし』

そんな風に言い訳していたけれど、考えてみれば、以前泊まった際には長谷部は自分からキスしたのだ。それも、あのときは居間のソファだった。

判らない。知りたくとも人の気持ちを読めないことが、こんなにも物事を悪いほうへしか考えられなくしてしまうだなんて、想像もしていなかった。

昔の自分は、どうやって平静を保《たも》って生きていたのだろう。結婚しようとした彼女の一件があるまでは、なにもかも順調で、自分に対し自信も強く持っていた。

聞こえてくる会話が途切れ、ふとそちらを見る。長谷部と目が合い、余村はつい反射的に視線を逸《そ》らした。

これで食事が美味《おい》しいはずもない。それ以前に、目新しさもほとんど感じられないいつもの弁当で、余村は掻《か》き込《こ》むようにして短時間で食べ終えると、ゴミ袋となったレジ袋を手に席を立った。

「あ、余村さん…」

長谷部が腰を浮かせかける。けれど、返す声は事務的になってしまった。

「おつかれさま、お先に」

売り場に戻ってしまえば、一日長谷部とは接点もない。その日、次に顔を見たのは帰る間際で、ロッカー室で荷物を纏《まと》めているときだ。

息を切らせるほどの勢いで男がやってきた。

「余村さんっ、駅まで一緒に帰りませんか」

閉店後のロッカー室。帰り支度《じたく》に集まっているほかの従業員のほうがびっくりしている。

「えっと…ごめん、今日は車なんだ」

「車？　余村さん、電車で通勤してないんですか？」

「うん、ちょっとね。しばらくは車で通勤してみようかと思ってるんだ」

夏用の薄手の制服の上着をハンガーにかけ、バッグ片手に帰ろうとすると、長谷部はバタバ夕と猛烈《もうれつ》な早さで支度をすませて追いかけてくる。

「車、駐車場はどこですか？」

「駅の近くのパーキングに停めてる。ちょっと歩くんだけど…」

「どうして急に車にしたんですか？　やっぱり、こないだ言ってた…問題のせいで？」

『問題』と濁《にご》して言う男に余村は苦笑する。

「あぁ…うん、でも大丈夫だよ、電車に乗らないだけでも少し気が楽になったんだ」

表に続く裏口のドアを開けた。夜八時を回っていたけれど、夏至《げし》も近づいた空は心なしか西側がまだ薄《うす》ぼんやりと明るい。

歩き出す余村の隣に男は並んだ。

「じゃあ、これから軽く食事とかどうですか？　気分転換になるかもしれないし…」

「食事なら、彼女を誘ってあげたらいいよ。一人暮らしで相手に困ってるんだろ」

「彼女って？」

「…原野さんだよ。あぁ、今日は彼女早番だったのかな？　僕はそっちのシフトまで詳しくはないから」

軽い口調だったけれど、こんな風に言えば長谷部がどんな反応を示すかぐらい判りそうなものだった。なのに、つるりと滑《すべ》ったみたいに言葉は飛び出し、案の定《あんじょう》長谷部は絶句した。

「余村さん…こないだ一緒に食事をしたこと、やっぱり不愉快《ふゆかい》だったのなら謝ります。余村さんが嫌なら、もう一緒に食事もしたりしませんし」

「君は悪くはないし、そんな約束を僕にする必要なんてないだろう。第一、悪いと思ってもないのに、謝ってくれなくていいよ」

自分はおかしい。口を開けば開くほど、捻《ひね》くれた辛辣《しんらつ》な言葉を重ねる。まるで繰り返すほど、僅《わず》かな誤差《ごさ》からずれていく計算式だ。

逃れられない自分から分離しようとでもいうように、余村は早足になった。近道になる公園を突っ切ろうと足を踏み入れ、中央に並んだベンチの前を通りかかる。

後ろをついて歩く長谷部に急に腕を摑《つか》まれ、動けなくなった。

「…余村さん、どうして逃げるんです？　今日のあなた…すごく変です。言ってることもみんな…滅茶苦茶《めちゃくちゃ》だ」

「僕が変なのは前からだよ。知ってるだろう」

長谷部は一瞬黙り込んだ。

「…俺、ほかにもなにか怒らせるようなことしてしまいましたか？」

余村は僅かに眉を寄せる。

無意識だろう。腕を摑んだ男の手に、ぎりっと力が籠《こも》った。

「あなたがなにを考えてるのか判りません」

自分だって判らない。なにもしてない、長谷部はなにも悪くはない。

風の音が聞こえる。夜風に揺れる木の葉のざわめき。冬場とは違い、初夏の夜の公園には人影がまだいくらもあるというのに、人の声は驚くほど少なく聞こえる。

『声』が聞こえる前の世界は、こんなにも静かだっただろうか。

静けさが恐ろしい。

「なんで…原野さんの名前が出てきたりするんですか。俺が付き合ってるのは余村さんじゃないんですか？　なのにこないだから、あなたは変なことばっかり言って…」

余村は背後を仰《あお》ぎ見《み》た。街灯に照らされた長谷部の唇が動く。けれど、一度閉じてしまえばもうその声は自分の耳には届かず、その体の中でなにを思っているのかまでは判らない。

「俺は人と付き合うの初めてで、ちょっと浮かれ過ぎてたのかもしれません」

長谷部の言葉はほとんど耳を素通《すどお》りしていた。余村はただじっと、その唇の動きを追って男の顔を見つめた。

「毎日メールも楽しみにしてたし、少しでも一緒にいたいと思ったりして……余村さん、話を聞いてくれてますか？」

「あぁ…聞いてるよ」

浮かれてたのは自分のほうだ。長谷部はいつも冷静だった。階下に果奈のいた部屋でのことにしてもそうだった。

「浮かれてたって？　僕を突《つ》っ撥《ぱ》ねたじゃないか。果奈ちゃんに知られたら困るって、君は」

「それは…」

「もういいよ。今ここで君の気持ちがよく判ったとしても、いずれ変わってしまうものだ」

余村は力ない声で言った。

『声』が聞こえないかぎり、永劫《えいごう》に信じていられるものなどない。

「変わるって…あなたは俺をそんな風に思ってて、付き合うって言ってくれたんですか？」

長谷部の荒げた声は、夜の公園に大きく響いた。こちらを注視している様子もなかったベンチのカップルが、何事かといった表情でこちらを見る。

余村は摑まれたままだった腕を振り払った。

もういい、とでもいうように歩き出す。

「余村さん！」

追ってくる長谷部の声を背に受けながら、先を急いだ。けれど、なにより一番振り切りたいものは、いつだってどこまでもついてくる。

自分の心は離れない。

「余村さん、待ってください！」

振り返らない余村の後ろから、長谷部の声は何度も響いていた。駅に繫《つな》がっている裏道の途中では一際賑《ひときわにぎ》やかな若者のグループと擦《す》れ違《ちが》った。楽しそうな笑い声、気心知れていそうな者同士の会話。けれど、どんなにたくさんの声が耳に響こうと、もう以前のように心の声は響かない。

　まるで一人きりの部屋に籠っているかのように、自分の中の『声』は自分ただ一人。いっそ煩《わずら》わしい自分自身も振り切ることができれば、こんなつまらない思いを抱かずにすむのに。

　裏通りに面した駐車場に辿《たど》り着《つ》く。六階建ての駐車場の二階部分に余村は車を停めており、入ってすぐの階段を使って向かった。

　長谷部がついてきているのは感じていた。鉄製の階段に、二人分の足音が重なりの悪い不協和音となって響く。

　無言だった男は、二階に出た途端《とたん》再び叫んだ。

「また、またあなたは同じことを繰り返すんですかっ！」

　ぴくりと反応して止まりそうになる。

「余村さんはいつもそうだ。前も…心が判る自分の気持ちなんて、俺には判らないってそう言った。今度は…今度はなんですか？　心の声が聞こえないから自信なくしたって、一昨日《おととい》あなた言ったけど…だったら、最初から聞こえない俺は自信持ってるとでも言うんですか」

　余村は無視して歩き続けた。そうじゃない。長谷部は光を知らない。光を知った後にくる闇の深さをなにも知らない――そう否定しようとする余村の背中に男は言葉を叩きつけてくる。

「俺はあなたに少しも頼ってもらえてない。俺には、なにも理解できないと余村さんは思ってる。それで俺は…平気でいるとでも思ってるんですか？」

怒気《どき》の強さと、そして同時に哀しみの弱さを併《あわ》せ持った声。それはいつかホームで聞いた、長谷部の『声』と同じだった。自分を判ってもらえないと訴えてきたあのときの『声』。

同じだった。

「…余村さん？」

目指していた車の少し手前で、余村は不意に足を止めた。まるで一人で抱えていた重い荷物に腕が耐え切れなくなったみたいに、あと少しの距離が歩けなかった。

「よむ…」

訝《いぶか》しむ長谷部の声が途切れる。

ぽろと、目蓋《まぶた》の縁《ふち》から雫《しずく》に変わったものが零《こぼ》れ落《お》ちた。

余村は泣いていた。

「…不安なんだ。怖いんだ」

悪い夢から覚めたら、そこは輝く希望に満ちた世界だと思っていたのに、実際は違っていた。

「なんでみんな平気な顔してるんだ」

「余村さん…」

「だって、聞こえないんだぞ？　なに考えてるか、ニコニコ笑ってたって腹ん中でなに考えてるか判らないのに」

もう一人で抱え込んでいられなかった。余村は振り返る。

「君はどうして普通にしていられるんだ。僕の心の声は君に届いているのか？　怖くないのか？」

打ち明ける余村をじっと男は見つめていた。おかしなことを言っているはずの自分を、笑うでも眉を顰《ひそ》めるでもなく、ただ正面から見据《みす》えている。

耐え切れずにまた背を向ける。少し歩いて車の前に立とうとしたところで、男は口を開いた。

「俺だって怖いですよ、不安です」

振り返っても、長谷部は少し先から同じように自分を見ているだけだ。

「だからこうしてあなたを追いかけてる。不安だから、あなたの気持ちをその口から聞きたいんです。聞いて、信じたいから」

興奮するでも間違ってると責めるでもなく向けられた、真摯《しんし》な言葉。

「あなたがなくしたのは、たぶん力じゃない。人を信じる気持ちです」

「長谷部くん…」

「余村さん、こっちに来てください」

長谷部はすっと手を伸ばした。反射的に後ずさる動きを見せる余村に、無理矢理走ってきて捕まえたりはせず、男は語り続けた。

「俺を疑うなら、こっちに来てそう言ってください。訊いてくれたら、俺はちゃんと本当のことを答えます。俺を信じてください。俺は…ちゃんとずっとあなたが好きだ」

怖くなんかない。まるで車の下に逃げ込もうとする小さな犬猫にでも話しかけるみたいに言う。余村はその男の手をしばらくの間見つめていた。

駐車場のあまり照度の高くない明かりの元に浮かんだ手。いつしか引き寄せられるように近づいていた。触れるとその指は自分の手をそっと握り返してきて、それからほっとした表情を見せた。

長谷部の笑みを久しぶりに見た気がした。

「長谷…部く…」

抱き寄せられて驚く。力強く抱きしめられた腕の中は一度収まってしまえば居心地よく、たとえそうでなかったとしても、たぶん余村には振《ふ》り解《ほど》くことなどできなかった。

「あなたは知らなさ過ぎる。俺がどんなにあなたを好きになってるか、ちっとも判ろうとしてくれない」

背中に回った男の手は少しだけ震えていた。

「戸締《とじま》りちゃんとしろよ？　『はいはい』じゃないよ、おまえいつも暑くなってくると部屋の窓開けっ放しで寝ようとするだろ」

車の中に響き渡る長谷部の声に、余村は驚きながらも口は挟《はさ》めなかった。

話をするつもりで自分の家へ向かっていた。長谷部は助手席でなにかを考えあぐねている様子だったけれど、唐突に携帯電話を取り出したかと思うと妹の果奈に外泊をすると連絡をした。

電話を終えてから言う。

「今夜、泊めてください」

「え、あ…うん」

事後承諾《じごしょうだく》みたいなこと、長谷部らしくもない。戸惑う余村に、長谷部は訥々《とつとつ》と話し始めた。

「あの日から…映画に一緒に行った日から、俺はずっと余村さんのことばかり考えてた。家に遊びに来てくれたときも嬉しかったし…余村さんからキスしてくれたときは、ホントすごく嬉しかった」

「でも…君はあのとき拒絶したじゃないか。僕は嫌がられたんだと思って…」

「やばいと思ったんです。下に果奈もいるのに、俺は余村さんに触りたくなってしまって…キスぐらいで、ガキみたいでしょう？」

「で、でも君はそんな素振《そぶ》り…」

少しも見せなかった。駅まで送ってくれたときも、普段よりも冷静にさえ見えた。

「見せたら、笑われそうじゃないですか。べつに笑われたっていいけど…あなたに引かれるのは嫌です。それじゃなくても、俺は余村さんみたいに恋愛の経験もないし、年下だし、子供みたいにがっついてると思われるのはやっぱ嫌なんです」

余村はハンドルを握ったまま、信じられない思いでちらと隣を見る。

「けど、疑われるくらいなら、俺は自分が望むように行動します。俺が信じられないっていうなら…信じてもらえるようにするだけです」

まるで今の自分の思いを読み取ったように長谷部は言った。

その言葉に、住み慣れた家へ帰るのに曲がるべき道を一本間違えそうになるほど余村はうろたえた。静かな車内が堪《た》え難《がた》くなり、ラジオをつけてみたりしたけれど、その内容は一つも覚えていない。

部屋についてすぐに、玄関先でキスをした。合わさったかと思うと長谷部に唇を抉《こ》じ開《あ》けられる。怒っているような乱暴な仕草だったけれど、その先の動きは細やかで、官能的《かんのうてき》に掻《か》き回《まわ》され、舌を抜かれる頃には余村は少しぼうっとしてしまった。

「奥の部屋、入ってもいいですか？」

長谷部の低い声に、ぎこちなく頷く。居間とは壁一枚向こうの寝室。広くはない部屋のドアを開けると、明かりを点《つ》けただけのところで背後から抱きしめられた。壁際のほうへ体を押しやられ、あの朝二人で目覚めたベッドへ沈む。

「俺は、好きでもない人にこんなことしません。したいと、思えないです」

車の中ではよく見られなかった男の目と間近で向き合う。自分を真上から見下ろしてくる長谷部の顔は歯痒《はがゆ》そうで、苦しげだった。

「あなたは俺の気持ちが判らなくなったと言うけど、俺だってずっとあなたが判らなかった。元々人の気持ちが判ってた余村さんには及ばなくたって、俺だって…平気じゃないです」

胸を鷲摑《わしづか》みにされた感じがした。

「手に入れたんだと思ってたのに。あなたは俺のじゃないんですか？　期限があるんですか？いつまでは俺のなんです？」

知らず知らずのうちに傷つけていた。言葉には長《た》けていなくて、表情にあまり出なくとも、長谷部にも心があることぐらいよく判っていたはずなのに。

「長谷…んっ…」

返事は聞かないとでもいうように唇を封じられた。口づけは先ほどと同じくすぐに深度《しんど》を増し、そしてそれだけではない。布一枚隔《へだ》てたところにある余村に触れようと、男の指はネクタイを抜き取り、シャツの合わせ目を探り始める。

ベッドが軽く音を立てた。体が揺れる。まるで指先まで不器用になってしまったみたいに、長谷部は余村のシャツのボタンがいくつか上手《うま》く外せず、もどかしげに摑んで揺すり立てた。がっついてる。なんて長谷部にはあまりそぐわないと感じた言葉が、あながち大げさでもないのだと知った。

「僕が、するから…」

真ん中辺りに残っていたボタンに手を伸ばす。一つ目はなんの気なしに外したけれど、二つ目は変に意識してしまい、三つ目は指先が震えた。

視線が気になった。べつに隠す膨《ふく》らみもない男の胸にもかかわらず、長谷部の前では羞恥心《しゅうちしん》が増したようになる。

長谷部は指ではなく、唇で触れてきた。胸元に口づけを落とし、小さな存在を示す乳首を唇で挟む。じわりと引っ張り上げる動きに、それは縮《ちぢ》んで硬度《こうど》を増し、舌先でちろちろと擽《くすぐ》られてぴんと尖った。

「…ふっ、ぅ…んっ」

熱心に施《ほどこ》される口づけに、湿《しめ》りを帯《お》びたそれは艶《なまめ》かしい色に染《そ》まる。右も左も硬くなっただけでなく腫《は》れたようにふっくらとなって、指の腹で転がされると堪《たま》らない刺激が走り、余村は淫《みだ》らな声を上げそうになって唇を嚙《か》んだ。

唇が肌を辿《たど》る。じわじわと這《は》い進む。呼吸に合わせて浅く凹《へこ》んでは膨らむ腹も、窪《くぼ》んだ臍《へそ》の周囲も。

スラックスに通したベルトに指がかかり、寛《くつろ》げながら引き脱がされた。下着の縁《ふち》に引っかかって、異物と化したものが恥ずかしい。あまり濃くはない茂みの中で、余村の性器は完全に起き上がっていて、尖端《せんたん》はたっぷりと雫を結んでいた。

「足、開いてください」

片膝だけを間についた男は、居心地が悪そうに言う。長谷部を両足の間に迎えるには結構な幅を開かねばならず、なにをされたわけでもないのにそれだけで肌がざわりとなった。

落ち着かない。足の間に誰かがいるのは違和感だった。閉じられないのは心許《こころもと》なく、無防備に曝《さら》した場所は風でも通り抜けるみたいだ。

「余村さん、足…もっとできる？」

頭がどうにかなってしまいそうだと思った。

膝立てた足をさらに開かせる。すべてを曝け出してしまう格好《かっこう》に、勃起《ぼっき》した性器が反応を見せて震え、雫がとろとろと茎《くき》を濡らした。

風が通ったようにひやりと感じていた肌が、もうほんのりと熱い。

「はせっ、長谷部くん…」

「修一《しゅういち》って…もう呼んでくれないんですか？」

恭《うやうや》しく頭でも垂《た》れるみたいに、長谷部は身を屈《かが》めた。

「……ぁ…んっ」

性器に唇が触れる。柔らかな唇で食《は》むように刺激され、シーツの上の腰が弾《はず》んだ。

長谷部の愛撫《あいぶ》は丁寧だった。一層張りを増したそれを手のひらで包まれ、敏感な裏側を分厚《ぶあつ》い舌でずるずると摩擦《まさつ》され、余村はあえかな声を上げた。

「……ぁ、ひ…ぁあっ」

戯《たわむ》れに吸われた尖端に、体が激しく撓《しな》る。

また溢れてくる。ぐずぐずと蕩《とろ》けたみたいな雫が奥のほうから湧《わ》き返り、小さな割れ目は開きっ放しになって赤い色を覗かせる。ひどく濡れていた。自分では先走りは少ないぐらいだと思っていたのに、長谷部に感じているのを知ってほしいかのようにとろとろと濡れてくる。

堪らなく気持ちがよかった。

伝わってくる。言葉がなくとも、触れたところから、長谷部の想いがまるで浸透《しんとう》するみたいに通じてくる。

欲しがっているのは長谷部だけれど、これは自分のためのセックスなのだと思った。

「…ん…うっ、あ…っ、あっ…」

快感だけじゃない、慈《いつく》しむようなセックス。熱心に愛撫する長谷部の唇が自分を飲み込み、甘い菓子でも頰張《ほおば》るみたいに包んだ粘膜《ねんまく》を上下させる。

後ろの窪みを剝《む》き出《だ》しにするように、浅い尻の肉を左右に指で分けられ、余村はひくっと喉《のど》を鳴らした。

「あ…」

迷いのない男の舌先は、余村の奥まった場所まで丹念《たんねん》に探り始める。ひくひくと恥じらう動きを見せる入口も、その先の深いところへと続く縁《ふち》の温度も。誰も知らない、襞《ひだ》の蠢《うごめ》きも。

「ひ…ぁっ…」

ぴくりと拒《こば》むように膝が跳ねる度《たび》、男は手のひらを置いた内腿《うちもも》を宥《たしな》めるみたいな動きで撫《な》で摩《さす》った。

「んっ、んっ…」

長谷部の与える快楽に溺《おぼ》れていく。

やがてゆったりと性器を唇で扱《しご》かれながら、指を中へと穿《うが》たれた。

ゆるゆると後ろを刺激されながら余村は絶頂《ぜっちょう》を迎える。腰を突き出し、背筋をしなやかに反《そ》り返《かえ》らせて射精した。いつの間にか二本に増えていた指は根元まで深々と埋《う》まっていて、ぴんと突っ張らせた体の奥で感じるその異物の感触に、余村は羞恥に啜《すす》り喘《あえ》ぐ。

「…んふ…っ…」

その唇から性器が抜き出され、暴かれた窄《すぼ》まりからも、指が抜き取られる。

長谷部は放ったものを飲んでしまったらしい。

余村は放心状態だった。腰の奥がぐずぐずで、射精して興奮が晴れるよりも、むしろ蟠《わだかま》った熱が増した気さえする。もやもやと、体の中で晴れない欲望——

「修一…」

服を脱ぎ始めた長谷部に、ようやく我を取り戻す。恥ずかしさなど微塵《みじん》も感じていない様子で裸になる男に、余村は少し逡巡《しゅんじゅん》してから意を決して声をかけた。

「そ、そこのテーブルに…」

「…テーブル?」

「それ、そこの引き出しに…潤滑剤《じゅんかつざい》があるから」

長谷部の動きは一瞬止まった。そんなあからさまに驚いた顔をしなくてもと思うけれど、実際驚いているのだろうから仕方がない。

最初の夜の後、まだ有頂天《うちょうてん》になって浮き足立っていた頃、長谷部といずれそうなるのを考えて薬局に足を運んで購入したのだ。男同士のセックスに不安がないわけではなかったけれど、早く長谷部を喜ばせてやりたい一心《いっしん》だった。買うのはべつに恥ずかしくない。本来の使用方法とは性別も場所も異なっていたところで、薬局の店員に知られるはずもなく、ただ気を遣って透《す》けない袋に入れられたのがちょっと気恥ずかしかったぐらいだ。

「……なんだよ。やる気満々…だったみたいでおかしいか？」

長谷部はあまりにいつまでもじっと自分を見る。

「いえ、俺も用意してたんで…同じこと考えてくれてたんだなって思って、嬉しくなっただけです」

「用意って、修一…」

「でも持ってきてなくてすみません」

持ち歩いてたら変だろう。そんなことを詫《わ》びる男が少し可愛らしく思えた。

言われたとおりに、ベッド脇の小さなサイドテーブルから長谷部は潤滑剤を取り出す。買ったときの状態のままだったから少し迷ったみたいだった。透けない袋に隠れていたチューブを取り出す。

使い方は手探《てさぐ》りだった。余村も初めてで、よく判らない。

「たくさん使ってもいいですか？」

「ん…」

「いっぱい濡らしたほうがいいですよね？」

「たぶ…ん」

慎重に問う男に、いちいち聞かないでくれと怒り出したくなる。けれど、それどころではなかった。

『零れそうだ』というから、高々と尻を掲《かか》げなくてはならなくなった。『この方が楽そうだ』と言われ、気がついたら長谷部の膝に腰を乗せる不恰好《ぶかっこう》で卑猥《ひわい》なポーズを取らされていた。

上手いこと乗せられたんじゃないかと疑いたくなる。けれど、長谷部がそんな悪巧《わるだく》みをするはずがない。余裕だってあるとは思えない。

チューブから押し出されたジェルは少し冷たかった。ひやりとしていて粘度《ねんど》もあり、けれどそれを感じたのは最初のうちだけで、すぐに余村の体温に馴染《なじ》んだ。蕩けたところを掬《すく》い取《と》るみたいに中へと押し込まれ、濡らされていく感覚に羞恥が募《つの》る。

ぐしゅり、と空気を孕《はら》んだ淫靡《いんび》な音が立つ。早まる指の動きに合わせてピッチも上がるその音は、余村の体温を上昇させ、理性を根こそぎどこか遠いところへ運び出す。

「…ぁっ、や…んん…っ…」

いつの間にか、あれこれと質問していた男の声は止《や》んでいた。足元のほうに向けた余村の虚ろな目に、その表情は飛び込んでくる。

長谷部はその場所を見ていた。飢《う》えを感じる眼差しを、濡れた音を立てる部分に向けている。

長谷部の目にどんな風に映っているかを想像してしまうだけで、また体温がいくらか上昇した。

「や…嫌、しゅ…いち、も…もうっ…」

濡れているのはジェルのせいばかりでない。余村の性器は触れられてもいないのに、また勢いを取り戻し、嫌なのか、そうじゃないのかもよく判らないまま頭を振る。

「だめ、だ……抜い、て…それ、抜い…っ、ん…ぅっ、んっ」

拒もうとする声。けれど、以前のように長谷部が勘違いして愛撫をやめるには、その声は甘く艶《つや》めいている。

「余村さん、気持ち…いいんですか？」

「ん…あ、やっ…」

「もっと？　もっと、これ…してほしい？」

「……んっ、ん…し…て」

自分の中が作り変えられていく。増やされながらぬるぬると行き交っていた指が抜き取られ、

『もっと』と口走りそうになった。

長谷部が入ってくる。ほとんど抵抗もなかった。それどころか待ち侘《わ》びていたかのように飲み込み、受け止めていく。

「…あぁっ…」

気遣う表情で見下ろしながら、男は屹立《きつりつ》をじわりとした速度で沈み込ませた。

「余村さん…」

「あ…あ、んっ」

ゆったりと腰を動かされ、余村は長谷部の体の下で身をくねらせる。

逃《のが》れたいのか、もっと与えてほしいのか判らない。ただ判っているのは、自分が自分でなくなってしまいそうなことだった。

意識とは無関係に唇が緩《ゆる》む。血が上ったように頭が快楽でぼんやりとなってきて、擦《こす》られるほどにまるで酸欠みたいに口を喘がせてしまう。

ぼんやりと頭に纏《まと》わりつく霞《かすみ》を振り払うように、頭も体も揺らした。

「…あっ、い…いい、いいっ…」

次第に腰だけが男の抽挿《ちゅうそう》に合わせ、上下する。

「余村さん、それ…」

「あ…や…」

急に緩慢《かんまん》になった動きに、余村は恨みがましく男を見上げた。

「修…一、や……ないでくれ。もっと…もっと、それ、して…ほしい」

余村が強請《ねだ》るまでもなく、男はすぐに動きを再開させた。緩める前よりも強く、そして激しく中を打ちつける。

「あっ、あっ」

「…余村さん、もっと深くしても？」

「…ぁっ…ん？」

「もっと…入ってもいいですか？」

「ん…ん、うん…」

まともな思考ができているとは思えなかった。けれど、長谷部の言葉がとても嬉しいもののような気がして、余村は何度も頷く。

「あ…」

両足を抱えられる。長谷部は余村の負担を気遣うように、繋がれた場所にジェルを足してきた。とろりとした甘い蜜《みつ》でも垂らされた感覚に、余村はぶるっと身を震わせた。

繋がれた部分をぬるぬると指で辿られる。それは単なる傷つけないための仕草だったのかもしれないけれど、すべてが生々《なまなま》しく居た堪れない。

「もう、嫌だ…っ、それやめっ…てくれ」

耐え切れずに吐き出した声が震え、小さく男は笑った。

「恥ずかしいですか？」

「ん、んっ…あ、や…っ」

「可愛い…余村さん…」

「な、名前…俺も、呼んっ…で、修一…」

吐息が耳元を掠めた。

「…和明《かずあき》…さん」

耳に囁く男の掠れた声。

幾度か名を呼びながら体を重ね合わせ、余村の奥深いところへ長谷部は入り込んできた。

「和明さん、和明…っ」

腰がぶつかり合う。それでも足りないというように、ぴたりと合わさった腰を大きく揺さぶられる。滑り合う場所がぐちゃぐちゃと淫猥《いんわい》な音を立て、硬く膨《ふく》らんだものは締まった男の腹部にもみくちゃにされる。

「ひ…ぁ、あっ、あぁ…っ…」

大きな音を立て、いっぱいに開かれた口を長谷部の太く逞《たくま》しいものが浅くそして深くと出入りした。

「あっ…ぁ、や…」

「和明さん、気持ち…いいですか。擦れてるとこ、気持ちいい？」

否定したところで無駄だった。長谷部の腹が濡れる。熱いものが溢れ出す。

「や…」

「言葉にしないと…不安だって言うなら、俺が思ってること全部…言葉にしたって、いいです」

「やめ…っ、嫌…だっ…」

こんなときにそれを言うのは酷《ひど》い。それでなくとも頭が焼けつきそうなのに、長谷部が今見ているものも、感じていることも言葉に変えられたら——想像しただけで変になってしまいそうだった。

緩く握った拳《こぶし》で背中を叩けば、男は息遣いだけで笑った。

「…言わない。言いませんから、これだけ…は言葉にさせ…て、ください」

「…修…一？」

「好き…です。俺の気持ちを、ないものになんて…しないでほしい」

それは不器用な男の切《せつ》なる願いだった。

自分はなにを見失っていたのだろうと思う。長谷部に苦しい思いをさせていることにも気づかずに…気づかないのを、すべて『声』のせいにして、なにを立《た》ち竦《すく》んでいたのだろう。

「…あ…うっ、あっ…」

息を潜《ひそ》めたように緩慢《かんまん》になっていた律動《りつどう》が、再び坂を上り始める。余村は男の背に両腕を回

した。

「僕も…君が、好き。だから…っ」

だから。

「もっとっ…」

もっと欲しい。言葉も、想いも。そして――この体も。こうして男同士でも繋がれるのに快楽が伴うのは、聞くことのできない『声』の代わりかもしれない。伝えたいものがあるから。

「…好きです、和明さん」

「もっ…と、あっ…あ…」

長谷部の熱に満たされる。

『声』は聞こえない。けれど、なにが足りなかったのか判らなくなっていく。合わさったところから、言葉よりももっと大きな形も音もないなにかが伝わり合い、混じり合っていく。

「しゅう…っ、修一っ…」

もう駄目だ。そう思った瞬間、男は余村に上体を預けてきた。重く圧《の》しかかられ、熱く乾いた唇が擦りつけるみたいな動きでこめかみから頬骨を辿った。

熱い息が耳元へと吹きかかる。言葉にならない音に余村の鼓膜《こまく》は震え、体の隅々まで甘い震えは走る。深い絶頂感《ぜっちょうかん》に押し上げられると同時に、大きくうねった体の奥深いところで長谷部の熱も解《と》き放《はな》たれたのを余村は感じていた。

「ほら、雲が切れてきましたよ」

長谷部《はせべ》と一緒の休みが取れたのは、翌週の金曜日だった。

梅雨《つゆ》入り宣言がなされたばかりで、じめついた日の続いている六月。とてもドライブに適した日和《ひより》とは思えなかったが、二人は車で遠出することにした。街中を離れて山道を車で走っているだけでも気分は変わる。朝の出発時にはぱらぱらとフロントガラスを叩いていた雨も、目的地が近づくにつれて止《や》んできて、長谷部が目線で指した方角には雲の切れ間が見えた。

「本当だ、晴れてくるかもしれないね」

やや黄色みを帯《お》びた光が山裾《やますそ》を照らし、地上へ下りたカーテンのように幻想的に光っている。

「これなら山の中も歩けるかもしれません。トレッキングコースを少し歩いた先に小さな滝があるらしいんです」

「ふうん、せっかくだから見てみたいな」

余村《よむら》は長谷部の横顔を見る。ハンドルを握《にぎ》る男の唇が、仕事中には…日々の生活の中でも滅《めっ》多《た》に使わないアウトドアな単語を紡《つむ》ぐのを、面映《おもはゆ》い気持ちで見つめた。こうして休日をまた共に過ごせるのが嬉しい。

晴れ間の覗《のぞ》き始めた空のように、余村の心も移り変わろうとしていた。

どうして逃げることばかり考えていたのだろう。

「修一《しゅういち》、こないだの休日はさ…悪かったね。せっかく誘ってくれてたのに、僕のせいで行けなくなってしまって」

冷静になってくると、自分の取った大人気《おとなげ》ない行動の数々が恥ずかしくなってくる。

今更と思いつつも、余村は詫《わ》びた。

「気にしないでください。こうして今日これたんだからいいじゃないですか」

「でも…ズル休みなんて呆《あき》れただろう？　言い訳になってしまうけど、べつに休日を代わればいいからとか、そういう気楽な考えだったわけじゃなくて…あ、いや、どういうつもりでも結果は同じだったっていうか、後からはなんとでも言えるんだけど…」

言葉にしなければ、なにも伝わらない。長谷部は自分の考えや想いを、言葉にして話そうとしてくれるようになった。それに、自分も応《こた》えたかった。

けれど、説明すればするほど言い訳がましくなっているのを感じ、収拾《しゅうしゅう》がつかなくなる。

隣で長谷部がぽつりと拍子《ひょうし》抜《ぬ》けすることを言った。

「いっそ、余村さんがもっと無責任でいてくれたらよかったんですけどね」

「え？」

「単なるズル休みだったなら、たぶん気にも留めてません。休みを代わるなんて言い出すから…結構《けっこう》がっかりしてしまって」

不自然なほど正面の一点を見据《みす》えたままハンドルを操作《そうさ》する男は、顔にこそ出さないが照れているようだった。

「楽しみにしてたんですよ、一緒に出かけるの。だから…余村さんには簡単に代わってしまえるぐらいで、それほど重要なことじゃなかったんだなぁと思ったら、がっくりきたというか…」

長谷部がランチに誘ってきた昼休みを思い出した。

妙に気が利《き》いて、いつもと違っていて――

「ご…ごめん」

「いいんです、もう。こうやって一緒に出かけられたし…あ、喉《のど》が渇《かわ》きませんか?」

道路沿いの案内板が車窓《しゃそう》を後方に流れ去っていく。

山道をいくつもカーブを重ねて上った先には、駐車スペースつきの小さな休憩所《きゅうけいじょ》があった。

平日ゆえか、小雨《こさめ》がぱらついていたためか、車も人の影もない。並んだ自販機目当てに車を降りると、山間の湿った風が肌を擽《くすぐ》った。

「わ、なかなか景色がいいね」

カーブに沿って作られた休憩所は、手摺《てすり》のほうへ近づくとなかなかの絶景《ぜっけい》で、展望ポイントにもなっている。

「誰もいないし、独《ひと》り占《じ》めって感じですね。あ、二人だから二人占めか…そんな言い方しましたっけ?」

「しないよ、たぶん」

余村はくすりと笑った。

せっかくなので、購入《こうにゅう》した缶コーヒーは景色を眺めて飲むことにする。一面に広がる深い緑が眼に優しい。街は遠くに追いやられ、谷の先に小さく見える。

「余村さん、体の調子はどうなんですか？　その、もう平気なんですか？」

長谷部が気遣《きづか》うように問いかけてきた。

「あぁ、体っていうか…頭かな？　気持ちの問題だったんだろうけど、だいぶいいよ。『声』が聞こえないのにも慣れてきたっていうか…嬉しいこともあってさ」

「嬉しい…こと？」

「あぁ、店でさ、前より買ってもらえたときに嬉しいって気がついたんだ。昨日、先週売ったパソコン用にってアクセサリ買いに来てくれたお客さんがいたんだけど、『使いやすくて気に入ってる』って言ってくれたんだよ。嬉しかったな、すごく」

なかなか苦情でもないかぎり購入後の意見を聞ける仕事ではないから、余計《よけい》に嬉しかった。

「そうなんですか、よかったですね。それってすごく嬉しいですよね」

「人の気持ちは…やっぱり判《わか》らないでいいのかもしれないね」

余村は以前と少し違う気持ちで思った。

悪意を感じずにすむからではない。判らないからこそ、本当に相手を喜ばせられたときに自分も嬉しくなる。判らないからこそ、人に優しくなれる。

そして、人を恋しくも思える。

自分の中には、自分の『声』しか聞こえない。人は心通じ合えない寂しい生き物で、だからこそ自分以外の人間が必要になるのかもしれない。

優しい風が頬を撫《な》でる。

雲の先の光のカーテンは、その裾《すそ》を広げていた。

悪い夢から覚めた先にあるのは、いい夢ではなかった。いつまでも夢を見てばかりはいられない。朝目覚めて迎える現実は、すべてが希望に満《み》ち溢《あふ》れているわけではないけれど、暗がりばかりではない。

大丈夫、ちゃんと世界は輝いている。たとえ今日は厚い雲に覆《おお》われていたとしても、太陽は自分を照らし出そうといつもすぐそこにある。

「和明《かずあき》さん」

谷の先を見つめていた余村は、呼ばれた気がして顔を上げた。けれど隣の男は遠くを見つめたまま、一向《いっこう》にこちらを向こうとはしない。

不思議に思う。長谷部は照れくさいのか、まだあまり自分の名を呼ぼうとしない。聞いたのはベッドの中の数度だけで、そんな特殊な場所でしか呼ばれないのが余計に照れるくらいだ。

「修一、今…」

気のせい、だったのだろうか。

甘くて優しい、耳元で囁くような声だった。とても心地のいい、愛《いと》おしむような声。

「ん？　なんです？」

「いや、君のほうこそ…」

やっとこちらを向いた長谷部のほうが、奇妙な顔をしている。

やっぱり、声がしたと思ったのは気のせいだったのかもしれない。

それとも――

一つの可能性が頭を過《よ》ぎったけれど、余村は少し考えてから首を振った。

「余村さん、そろそろ行きましょうか？」

腕の時計を確認した長谷部が、手摺の傍《そば》を離れながら声をかけてくる。

余村は微笑《ほほえ》み、今度は迷わず頷いた。

「そうだね。とりあえず、車を走らせよう」

あとがき

砂原糖子

皆さま、こんにちは。はじめましての方がいらっしゃいましたら、はじめまして。

お手に取ってくださってありがとうございます。砂原《すなはら》です。

今回は少し…といいますか、思い切りファンタジックなお話を書かせていただきました。実は元は一本の長編として考えていた話でしたので、無事に続編も書くことができて嬉しかったです。こんなに「早く続き書きたいなぁ」と思った作品は久しぶりだったかも知れません。そのわりに、相変わらずののろのろ作業でしたが…。

雑誌に載《の》せていただいた際、犬の嗅覚《きゅうかく》をきっかけに、人にない力があるとどんな気持ちになるのかと思って書いた話だとコメントしておりましたが、続編もそのままでして、犬を見ていて感じた内容です。

犬の世界はどんななのか想像がつきません。犬は水中のものを嗅《か》ぎ分《わ》けたり、病気を嗅ぎ分けることもできるといいます。私は猫を飼っていますが、奴らの嗅覚もなかなかのものです。そんな人にない能力があるのはどんな感覚なんでしょう。不思議、不思議。でも、たぶん彼らにとっては当たり前の機能に違いありません。

犬にとっては当たり前…ということで、どちらかといいますと犬を見て書きたくなったのは続編部分に当たるところです。もしかしたら、あとがきから先に読まれる方は知りたくないやもしれませんので詳しくは伏せておきます…って、それは「あとがき」の意味に合ってないような!?

後から書くから、後書きなんでしょうか。後から読むから後書きではないはず…だとしたら、やはり話の筋には触れるのはNGやも…と、今更こんなことで本気で悩んでしまい、ここまで書くのに二時間もかかってしまいました。相変わらず素人《しろうと》っぽい私です。

キャラにつきましては、余村《よむら》は今までで一番まともな受かもしれません。変な能力が芽生《めば》えなければ、攻気質だったのやも…結局、変な力のおかげでぐるぐる悩む性格になってしまったので、すっかり受体質。まともですらなくなってしまっていますが…そ、そんな余村に幸《さち》あれ。長谷部《はせべ》は一途《いちず》だと思うので、今後なにがあってもついてきてくれるはずです。

イラストのほうは、三池《みいけ》ろむこ先生に描いていただきました。ありがとうございます！　三池先生の雰囲気のあるイラストで、余村は憂《うれ》いのある美形に、長谷部は誠実そうな年下の男になりました。雑誌に載せていただいたときの表紙がすごくお気に入りだったので、「モノクロだったから文庫には収録されないのかなぁ、もったいないなぁ」と思ってましたところカラーに描き直していただけるとのこと、嬉しいです！　続編のイラストも楽しみにしています。

そういえば、雑誌といえばタイトル文字もとても好きだったんですけども、文庫ではどうなるのでしょう？　同じだといいな…って、こんなところで疑問符躍《おど》らせてないで、担当さんに確認しておこうよって感じですが。担当さま、いつも素人臭い私を導いてくださってありがとうございます。前回の文庫のあとがきで、お話するのを夢にまで見ると書いてましたが、ついに怒られる夢まで見てしまいました（いえ、怒られたことは今のところないです。でも怒ると怖いそうです。ぷるぷるぷるぷる…）。今、ふと「夢占《うらな》い」をネット検索してみたところ、「怒られる夢＝反省が足りてないこと」だそうです。なるほど！　って、そのまんまな気も。

すみません。こんな私でいろいろと申し訳ないです。執筆のほうは精一杯走ってるつもりが空回《からまわ》り、最早《もはや》早く進むのは諦《あきら》めた感もあります。しかしながら、のろのろでも前に進んでいたようでして、なんとこの文庫で二十冊目の本になりました。トゥエンティ！（ちょっと英語で言ってみたかっただけです）ディアプラスさんでは五冊目の本です。これまで読んでくださった方、ありがとうございます。そして、この本も読んでくださって本当にありがとうございます。お返事ができていない時期もあり、大変心苦しく思っているのですが、今までいただいたご感想などは宝物にしています。

この本もまたたくさんの方にお世話になり、形になりました。楽しんでいただける内容になっていればと願うばかりです。感謝の気持ちは、また次の本の中でお返しできるようにしたいです。ありがとうございます！

砂原糖子《すなはらとうこ》。

2007年8月

D E A R + N O V E L

言ノ葉ノ花《ことのはのはな》

この本を読んでのご意見、ご感想などをお寄せください。
砂原糖子先生・三池ろむこ先生へのはげましのおたよりもお待ちしております。
〒113-0024　東京都文京区西片2-19-18　新書館
[編集部へのご意見・ご感想] ディアプラス編集部「言ノ葉ノ花」係
[先生方へのおたより] ディアプラス編集部気付　○○先生

初　出
言ノ葉ノ花：小説DEAR+ 06年アキ号（Vol.23）
言ノ葉ノ星：書き下ろし

新書館ディアプラス文庫

著者：**砂原糖子**［すなはら・とうこ］
初版発行：**2007年 9月25日**

発行所：**株式会社新書館**
［編集］〒113-0024　東京都文京区西片 2-19-18　電話(03)3811-2631
［営業］〒174-0043　東京都板橋区坂下 1-22-14　電話(03)5970-3840
［URL］http://www.shinshokan.co.jp/
印刷・製本：**図書印刷株式会社**

定価はカバーに表示してあります。乱丁・落丁本はお取替えいたします。
ISBN978-4-403-52169-0

S H I N S H O K A N

純情アイランド

イラスト:夏目イサク

崎浜港平《さきはまこうへい》(20)には悩みがあった。島の生き神様同然の幼馴染《おさななじ》み比名瀬《ひなせ》に好かれて以来、十一年、島から出られない。比名瀬の好意に辟易《へきえき》しつつも、純粋に自分を慕《した》う彼を次第に可愛く思い始め……!?　島ものBL決定版!!

斜《はす》向《む》かいのヘブン

イラスト:依田沙江美

「実は僕は吸血鬼なんだ」無口で無愛想《ぶあいそう》な上司・羽村《はむら》の口からとんでもないことを聞かされた久條《くじょう》。むろん本気になどするはずもないが、大真面目な彼に興味を持って親しくつき合ううち……?　ほんのり不思議テイスト、年下攻リーマンラブ!!

言ノ葉ノ花

イラスト:三池ろむこ

突然人の心の声が聞こえるようになってしまい、人間不信から人付き合いをさけていた余村《よむら》。自分を好いているらしい長谷部《はせべ》の"声"が聞こえたことから彼に興味を持ち始め……?　切なさ200%!!　胸に迫るスイートラブ♡

204号室の恋

イラスト:藤井咲耶

アパートのダブルブッキングで、美大生の片野坂《かたのざか》と同居する羽目《はめ》になった柚上《ゆがみ》。生真面目《きまじめ》な柚上は大ざっぱな片野坂がどうにも好きになれずにいたが、彼女にふられた日、なぐさめてくれたのは片野坂だった……。　年下攻同居ラブ♡

✤新堂奈槻 しんどう・なつき

君に会えてよかった①〜③ イラスト 蔵王大志（※③定価630円）
ぼくはきみを好きになる？ イラスト あとり硅子
one coin lover イラスト 前田とも

✤菅野 彰 すがの・あきら

眠れない夜の子供 イラスト 石原 理
愛がなければやってられない イラスト やまかみ梨由
17才 イラスト 坂井久仁江
恐怖のダーリン♡ イラスト 山田睦月
青春残酷物語 イラスト 山田睦月
なんでも屋ナンデモアリ アンダードッグ ①② イラスト 麻生 海

✤菅野 彰＆月夜野 亮 すがの・あきら＆つきよの・あきら

おおいぬ荘の人々 全7巻 イラスト 南野ましろ（※②定価620円）

✤砂原糖子 すなはら・とうこ

斜向かいのヘブン イラスト 依田沙江美
セブンティーン・ドロップス イラスト 佐倉ハイジ
純情アイランド イラスト 夏目イサク（※定価651円）
204号室の恋 イラスト 藤井咲耶
言ノ葉ノ花 イラスト 三池ろむこ

✤たかもり諫也（鷹守諫也 改め） たかもり・いさや

夜の声 冥々たり イラスト 藍川さとる
秘密 イラスト 氷栗 優
咬みつきたい。 イラスト かわい千草

✤玉木ゆら たまき・ゆら

元彼カレ イラスト やしきゆかり

✤月村 奎 つきむら・けい

believe in you イラスト 佐久間智代
Spring has come! イラスト 南野ましろ
step by step イラスト 依田沙江美
もうひとつのドア イラスト 黒江ノリコ
秋霖高校第二寮 全3巻 イラスト 二宮悦巳
エンドレス・ゲーム イラスト 金ひかる（※定価682円）
エッグスタンド イラスト 二宮悦巳
きみの処方箋 イラスト 鈴木有布子
家賃 イラスト 松本 花
WISH イラスト 橋本あおい

✤ひちわゆか ひちわ・ゆか

少年はKISSを浪費する イラスト 麻々原絵里依
ベッドルームで宿題を イラスト 二宮悦巳
十三階のハーフボイルド① イラスト 麻々原絵里依（※定価620円）

✤日夏塔子（榊 花月） ひなつ・とうこ

アンラッキー イラスト 金ひかる
心の闇 イラスト 紺野けい子
やがて鐘が鳴る イラスト 石原 理（※定価714円）

✤前田 栄 まえだ・さかえ

ブラッド・エクスタシー イラスト 真東砂波
JAZZ 全4巻 イラスト 高群 保

✤松岡なつき まつおか・なつき

【サンダー＆ライトニング 全5巻】 イラスト カトリーヌあやこ
①サンダー＆ライトニング
②カーミングの独裁者
③フェルノの弁護人
④アレースの娘達
⑤ウォーシップの道化師
30秒の魔法 全3巻 イラスト カトリーヌあやこ
華やかな迷宮 全5巻 イラスト よしながふみ

✤松前侑里 まつまえ・ゆり

月が空のどこにいても イラスト 碧也ぴんく
雨の結び目をほどいて イラスト あとり硅子
空から雨が降るように 雨の結び目をほどいて② イラスト あとり硅子
ピュア1/2 イラスト あとり硅子
地球がとっても青いから イラスト あとり硅子
猫にGOHAN イラスト あとり硅子
その瞬間、ぼくは透明になる イラスト あとり硅子
籠の鳥はいつも自由 イラスト 金ひかる
階段の途中で彼が待ってる イラスト 山田睦月
愛は冷蔵庫の中で イラスト 山田睦月
水色ステディ イラスト テクノサマタ
空にはちみつムーン イラスト 二宮悦巳
Try Me Free イラスト 高星麻子
リンゴが落ちても恋は始まらない イラスト 麻々原絵里依
星に願いをかけないで イラスト あさとえいり
月とハニーベア イラスト 二宮悦巳
カフェオレ・トワイライト イラスト 木下けい子
プールいっぱいのブルー イラスト 夢花 李

✤真瀬もと まなせ・もと

スウィート・リベンジ 全3巻 イラスト 金ひかる
きみは天使ではなく。 イラスト あとり硅子
背中合わせのくちづけ 全3巻 イラスト 麻々原絵里依
熱情の契約 イラスト 笹生コーイチ

✤渡海奈穂 わたるみ・なほ

甘えたがりで意地っ張り イラスト 三池ろむこ
ロマンチストなろくでなし イラスト 夏乃あゆみ
神さまと一緒 イラスト 窪スミコ
マイ・フェア・ダンディ イラスト 前田とも

「海馬が耳から駆けてゆく①～④」カット:南野ましろ・加倉井ミサイル(②のみ)

たかもり諫也
Isaya TAKAMORI
「Tears Roll Down 全6巻」イラスト:影木栄貴
「百年の満月 全4巻」イラスト:黒井貴也

津守時生
Tokio TSUMORI
「三千世界の鴉を殺し①～⑫」
①～⑧イラスト:古張乃莉(①～③は藍川さとる名義) ⑨～⑫イラスト:麻々原絵里依

前田 栄
Sakae MAEDA
「リアルゲーム」イラスト:麻々原絵里依
「リアルゲーム② シミュレーションゲーム」
「ディアスポラ 全6巻」イラスト:金ひかる ⑥のみ定価756円
「結晶物語 全4巻」イラスト:前田とも
「死が二人を分かつまで①②」イラスト:ねぎしきょうこ
「THE DAY Waltz①」イラスト:金色スイス

前田珠子
Tamako MAEDA
「美しいキラル①～④」イラスト:なるしまゆり ④のみ定価714円

麻城ゆう
Yu MAKI
「特捜司法官S-A 全2巻」イラスト:道原かつみ
「月光界秘譚① 風舟の傭兵」イラスト:道原かつみ
「月光界秘譚② 太陽の城」
「月光界秘譚③ 滅びの道標」
「月光界秘譚④ いにしえの残照」
「月光界・逢魔が時の聖地 全3巻」イラスト:道原かつみ
「新・特捜司法官S-A①～⑤」イラスト:道原かつみ

松殿理央
Rio MATSUDONO
「美貌の魔都 月徳貴人 上・下巻」イラスト:橘 皆無
「美貌の魔都・香神狩り」定価924円

真瀬もと
Moto MANASE
「シャーロキアン・クロニクル① エキセントリック・ゲーム」イラスト:山田睦月
「シャーロキアン・クロニクル② ファントム・ルート」
「シャーロキアン・クロニクル③アサシン」
「シャーロキアン・クロニクル④ スリーピング・ビューティ」
「シャーロキアン・クロニクル⑤ ゲーム・オブ・チャンス」
「シャーロキアン・クロニクル⑥ コンフィデンシャル・パートナー」定価714円
「廻想庭園 全4巻」イラスト:祐天慈あこ
「帝都・闇烏の事件簿 全3巻」イラスト:夏乃あゆみ

三浦しをん
Shion MIURA
「妄想炸裂」イラスト:羽海野チカ

ももちまゆ
Mayu MOMOCHI
「妖玄坂不動さん」イラスト:鮎味

結城 惺
Sei YUKI
「MIND SCREEN①～⑥」イラスト:おおや和美